官商鬥法

之 18

神魂顛倒

姜遠方 著

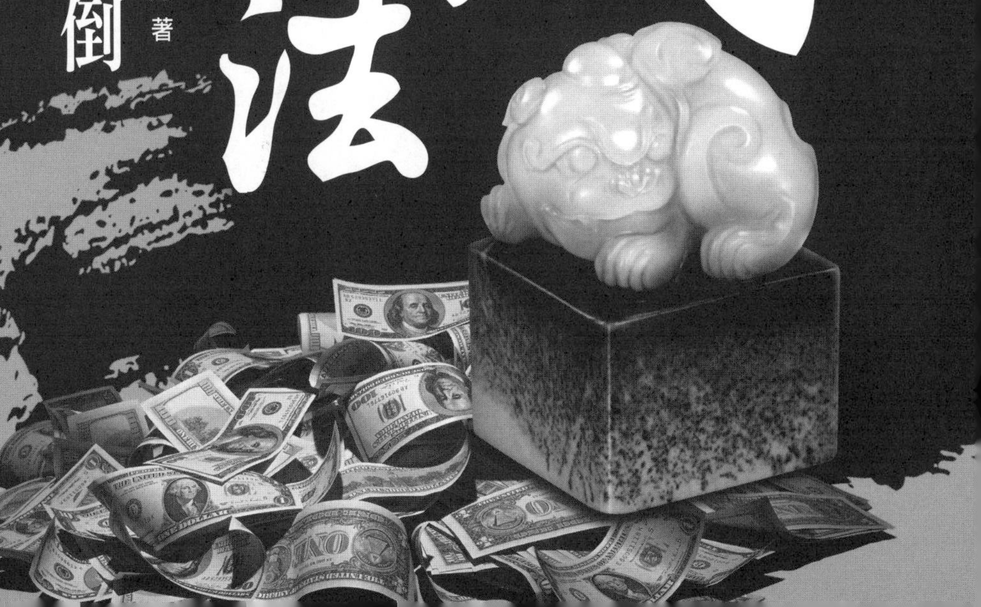

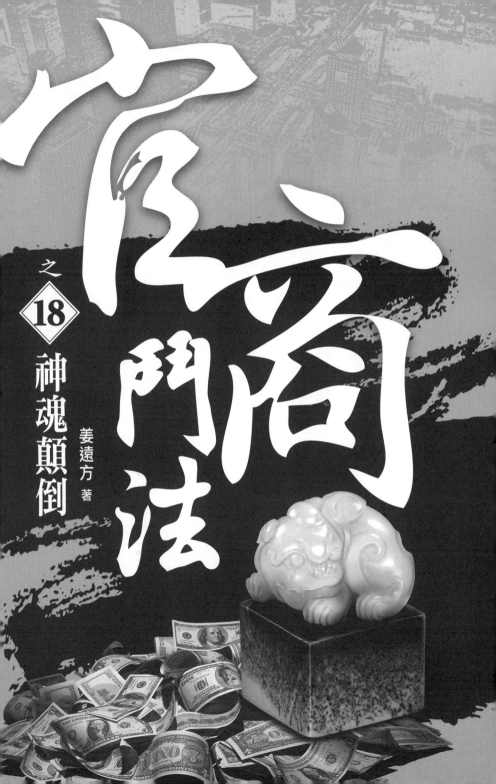

目錄 CONTENTS

第一章

政治明星

Tony回休斯頓之後，也在一家媒體上撰文，
講述了自己這次去中國的感想。
文中對金達讚不絕口。這篇文章被轉載在國內的媒體報刊上，
再次推高了金達的聲勢，他可以說是真正地成為一顆政治明星了。

中午，安德森公司設宴款待了金達一行人。

Tony在宴會上說：「金市長，我如果早一點認識您就好了，您的氣質風度真是令人欣賞啊。」

湯姆也說：「是啊，我也見過不少的中國地方官員，能像您這樣不需要翻譯，全程跟我們用英語交談的，真是太少見了，我更欽佩的是你的國際視野，你對我們美國的情形似乎也很熟悉啊。Tony說得對，如果他早一點認識您，我們安德森公司就不需要折騰這麼長時間還沒有確定下來生產基地設在什麼地方了呢。」

金達有些不好意思的瞄了傅華一眼，如果不是因為他跟傅華鬥氣，他早就出來見安德森公司的人了，也就不會產生那麼多麻煩了。

這些金達自然不好意思說出來，他只是笑了笑說：「現在熟悉也不晚呢，我們也因這些矛盾和分歧，對彼此才有了更深的瞭解，我們的合作也才能更加的和諧啊。」

湯姆點點頭說：「對對，金市長說的很對。我們這算不算是中國人所說的不打不相識啊？」

金達笑了起來：「對，不打不相識。」

傅華看氣氛融洽，趁機提出來說：「湯姆先生，我們市長想要到海洋科技園參觀一下，不知道貴方能否安排一下啊？」

金達也說：「是啊，湯姆先生，我們海川和你們休斯頓一樣，都是海濱城市，海洋經濟占城市經濟發展的很大比例，我很想學習一下這裏的先進經驗啊。」

湯姆笑笑說：「當然可以啊，金市長，你可真是一個務實肯幹的好市長啊，就連來跟我們談判，也不忘了你們市裏面的其他工作啊。我們公司跟科技園中很多企業都有合作，安排這個是沒問題的。」

轉天，湯姆就陪同金達一行人參觀了休斯頓海洋科技園。

實地看了，金達才對最新的海洋科技有了最全面的感受，他原本著眼的僅僅是一些傳統的海洋產業，在這裏，他看到了國際上最新的科技發展。他的眼界大大的開闊了。

在一家海洋生物科技研究所裏，金達看到了十幾種高附加價值的海洋深加工技術，這些技術把過去餐桌上的廚餘，經過高科技的加工，華麗變身，成為優質的保健品、化妝品。金達一行人才知道原來很多海鮮食品的殼或者皮，都可以轉化再利用。

金達還參觀了船舶製造和海洋工程設備製造的工地，這方面，休斯頓也是領先全球的，每年五月，這裏還會有一場海洋工程設備的博覽會……

正當金達在滿臉豔羨參觀著人家的先進技術的時候，另一場參觀也在海川進行著。

錢總正領著毛棟和萬菊參觀著雲龍公司的休閒旅遊度假區。

實際上，這場參觀很大程度上還要感謝金達這次的美國之行，金達如果在海川的話，錢總絕不敢貿然邀請毛棟和萬菊來海川，那樣的話，萬菊肯定會知會金達，金達肯不肯讓萬菊來雲龍公司都是問題。

可是現在金達不在海川，於是錢總就出現在省旅遊局，他這次來的名義，是邀請毛棟和萬菊親自去看看他們雲龍公司發展的旅遊項目，實地指導一下，好讓他們的旅遊項目更加吸引遊客。

毛棟自然不會反對，萬菊對錢總有了上一次的好印象，加上還有毛棟這個領導在，也就沒有拒絕，同意跟錢總跑這一趟。

到了海平區後，海平區區長陳鵬也趕來陪同，過程中，陳鵬表現得十分熱情，萬菊有些懷疑陳鵬是因為她是市長夫人，才會對他們這麼好，可是陳鵬口口聲聲說他是來陪同省旅遊局下來指導的領導的，主要的人物似乎又在毛棟身上，萬菊也就不好再說些什麼了。

雲龍公司這個旅遊休閒度假區基本上已經建設成型，毛棟和萬菊在錢總、陳鵬的陪同下，四處看了看，景色確實很優美，草木蔥鬱，看上去令人賞心悅目。

萬菊根據她搞旅遊的專業角度提出了一些意見，錢總對她的意見顯得十分的重視，讓助理一一記錄下來，說將來一定會參考改進。

雖然說是省旅遊局的領導下來指導，其實私人性質更濃郁一些，毛棟和錢總又是老朋友，唯一還有些生疏的萬菊，錢總和陳鵬對她呵護備至，所以整個的參觀過程，萬菊都很愉快。

參觀完畢，錢總設宴款待毛棟和萬菊，宴會自然是極盡豐盛之能事。

萬菊直說太豐盛了，錢總卻笑著說：「我這也是沒辦法的事啊。」

萬菊聽了說：「誰逼你了，錢總？我這個人可是很好伺候的，能吃飽就可以的。」

錢總笑笑說：「我知道萬副處長是好說話的人，可是我也要表達我對兩位的謝意啊。你們兩位大老遠的從省城過來，給我們提出了這麼多好的建議，我錢某人打從心裏感謝，但是我也知道，如果給兩位專家費，兩位都是不會收的，只好把飯菜弄得豐盛一點，略表心意。這麼算起來，我也算是被你們倆逼的。」

毛棟說：「哎呀，錢總啊，你這個人怎麼老是這麼客氣啊，你和我的關係不用說了，你跟我們的萬副處長是一回生二回熟，也可以說是老朋友了，你老是這麼客氣，會讓我們都不好意思的。」

萬菊也說：「對啊，錢總，我們應該算是老朋友了，你不需要這個樣子的。」

錢總看了看毛棟，又看了看萬菊，說：「兩位真的看得起我，拿我當朋友？」

萬菊說：「不拿你當朋友，我們也不會大老遠從齊州跑過來了，我還不放心家裏的兒子呢。」

錢總高興地說：「那我真是太感謝了，兩位可能不知道，這兩年我雖然賺了點小錢，可是社會上很多人還是看不起我，覺得我一身的銅臭味，都不願意拿我當朋友。」

萬菊聽了說：「怎麼會呢，企業家對社會也是有很大貢獻的，你們創造了多少就業機會啊。」

錢總感激地說：「謝謝萬副處長對我們這些做企業的理解。看你這麼理解我們，我真是太欣慰了。毛局長、萬副處長，我敬兩位一杯。」

陳鵬也端起酒杯，說：「兩位領導對我們海平區的工作這麼支持，我這個做區長的也很感謝，就跟錢總一起敬兩位一杯吧。」

錢總和陳鵬喝乾了杯中酒，毛棟也喝了杯中酒，萬菊雖然酒量不行，卻也喝了一大口，表示了一下心意。

放下酒杯之後，錢總笑笑說：「我有一個不情之請，原本還不好意思說出來，現在看兩位這麼看得起我錢某人，我就壯著膽子跟兩位提出來吧。」

毛棟笑著說：「你這個錢總啊，怎麼還吞吞吐吐起來了，有話直說。」

錢總說：「那我就說了。是這樣子的，兩位領導可能也看出來了，我這裏的工程還沒有結束，還有很大一部分在建設當中，後面還需要兩位領導的指點，尤其是之後造景的部分，更需要專家的指點。所以我冒昧的想請兩位給我們雲龍公司這個項目當個顧問。」

陳鵬說：「錢總啊，你這個主意太妙了，我陪兩位領導參觀的時候就在想，要是兩位領導能夠經常給你指點一下，你這個項目肯定會建設得更好的。」

萬菊愣了一下，她對此是有顧慮的，金達在這裏做市長，她一個市長夫人來做企業的顧問，傳出去是很不好的，便說：「錢總啊，這個可是不太合適的。」

錢總知道驚到萬菊了，他可不想讓萬菊退縮回去，便笑笑說：

「我不是說什麼正式的顧問，你們也不需要掛名什麼的，我也不會付什麼顧問費。我只是希望兩位有空就到這裏走一走，順便指點一下。你們也看到了，這裏的風景很優美，兩位就權當來度假，好不好？」

毛棟聽了說：「這倒是不錯的主意，我很喜歡這裏的風景。好了，你這個顧問我當了。」

錢總看了看萬菊，問說：「那萬副處長呢？」

萬菊還在猶豫，毛棟就笑笑說：「萬副處長，你就答應吧，我們兩個人當中，你才是真正的專家，對錢總真正有幫助的是你，你不答應，我自己也不好意思過來啊。」

陳鵬也在一旁幫腔，說：「萬副處長，你這個省局的領導對我們海平區的企業多扶持一點嘛，你就答應了吧？」

萬菊有些拗不過面子，就笑笑說：「好啦，我答應你們就是了，不過先說好，不掛名，不收專家費，我和毛局長只是有空的時候下來看看，可以嗎？」

錢總高興的說：「可以，可以，先謝謝兩位了。來，我再敬兩位一杯。」

酒宴愉快地進行下去，結束的時候，毛棟和萬菊要趕回齊州，錢總準備了一點海川當地的海產品送給毛棟和萬菊，萬菊看看禮物並不值幾個錢，如果拒絕，就顯得生分了，也就沒推辭，收了下來。

陳鵬和錢總將毛棟和萬菊送上了車，把兩人送走了。

直到車子看不見了，陳鵬才轉身對錢總說：「這個萬菊我看挺謹慎的，連當個掛名的顧問都不肯，你有辦法讓她跟我們站到一起嗎？」

錢總笑了起來，說：「顧問她還是當上了，至於掛不掛名，那有什麼差別嗎？她來我們雲龍公司走這一遭，就已經跟我們雲龍公司牽扯到一起去了，很多人就會知道市長夫人來我們雲龍公司了。」

陳鵬說：「那只不過是個虛名而已，沒用的。」

錢總不以為然地說：「雖然只是個虛名，可是對付一下這裏的老百姓已經足夠了。再說，現在還只是開始，你能肯定未來萬菊不會跟我們綁到一條船上嗎？」

第二天，金達和傅華一行人踏上了返程的飛機，湯姆已經承諾安德森公司馬上就會跟隨著金達的步伐，派出相關人士到海川展開生產基地的談判，這次金達算是滿意而歸了。飛機起飛之後，金達才露出滿臉的疲態來，這一次他是打起了十二分的精神來應對的，現在目的達到，他緊繃的神經總算放鬆了下來。

金達對傅華說：「傅華啊，這一次我真是太累了。」

傅華笑笑說：「不過金市長您確實做得很好啊。誒，我還不知道你是火箭隊的球迷呢。」

金達說：「看了休斯頓的海洋科技園，傅華，我有一個構想，是不是在我們海川也建立一個這樣的科技園？以便增強我們海川的海洋科技能力。」

傅華說：「我很贊同你這個想法，不過像這種海洋科技研究園，可不是說想建立就建立的，需要大量的科技人員。否則的話，光有想法是沒用的。」

金達說：「這個問題我也考慮過了，我們周邊的大學很多，可以依託大學的力量，讓他們出人才，我們出資金，開展科學研究。再有，我們也可以跟休斯頓這邊建立聯繫，引進他們的專利技術，這也是一條很好的路子。回去之後，市政府這邊要好好研究一下，拿出一個具體章程來。這將是我們海川市政府未來的發展戰略。」

傅華點了點頭，他感到很欣慰，金達為海川規劃了一個美好的未來。現在，他終於找回了一個市長應有的本分。

傅華跟金達在北京分手，傅華回到駐京辦，金達一行人則是從北京飛回海川。

金達回到海川後的第一件事情，就是找到了張琳，跟張琳彙報了此行的情況。

張琳對安德森公司願意回到談判桌十分的高興，對金達所說要在海川建立一個類似的科技園的想法也表贊同。

兩人溝通的結果，決定先把安德森公司生產基地的事情敲定，然後再來完善海洋科技園的設想。

安德森公司的人不久就到了海川，這一次由金達親自出面接待。

金達特別把公安局的局長找了來，當面交代他，一定要保證安德森公司所住賓館的安全，如果再出現類似上次臨檢的事件，就要公安局長負全部責任。

公安局長聽市長下了死令，自然不敢怠慢，海川市區內的員警們全面戒備，在安德森公司人員住的酒店專門安排了便衣刑警，確保在整個談判過程中不再有突發狀況。

談判進展得十分順利，雙方幾經周折，彼此的看法都很瞭解，這一次，安德森公司帶隊的還是Tony，不過Tony對中國的觀念已經有了很大的轉變，因此這次表現的很友好。

談判進行了三天，雙方敲定了所有的細節，終於順利結束。

第四天，金達邀請Tony去海川市區走一走，讓Tony親身感受一下海川市區究竟是什麼樣子，Tony愉快地答應了。金達也沒帶隨行人員，一個人就跟Tony去了市中心。

下了計程車之後，Tony看到海川市中心高樓林立，基本上跟美國的中級城市沒太大的區別。

在一家工藝品商店，金達買了一份十二生肖的剪紙送給Tony，作為答謝Tony的禮物，Tony很高興的收下了。

接著又去逛了海川的大廟市場，Tony饒有興趣地買了一些具有中國特色的小東西，準備帶回去做伴手禮。兩人還吃了不少當地小吃。

這一次忙中偷閒的行程，讓他們都感到十分的輕鬆自在，Tony還邀請金達再去休斯頓，到時他也會帶金達這樣子走訪當地市集。

最後，Tony帶著安德森公司的人滿意的離開了海川。這次的接待，海川的一二把手展現出了從未有過的團結，這讓海川政壇上很多人都有些驚詫，敏感的人意識到，海川政壇的風向又要變了。

金達的海洋經濟調研告一段落，市政府接連開了幾次會，專門研究如何推動海川市的海洋經濟發展。

金達在常委會上彙報了市政府發展海洋經濟的設想，張琳給予了高度的肯定，他表揚金達和市政府團隊所做的工作和努力，表示會全力為海川的海洋經濟發展戰略保駕護航。

Tony回休斯頓之後，也在一家媒體上撰文，講述了自己這次去中國的感想。文中對金達讚不絕口。

這篇文章被轉載在國內的媒體報刊上，再次推高了金達的聲勢，他可以說是真正地成為一顆政治明星了。

省長呂紀也因為金達接連在推動海洋經濟發展方面的動作，對金達的看法有了很大的改觀，他對金達提出要在海川建立海洋科技園的想法很感興趣，特別把金達叫去省裏，聽取了這方面的彙報。

整個彙報過程中，呂紀聽得都很認真，不時還記下筆記。

彙報結束之後，呂紀對金達說說：

「秀才啊，你這個想法很好，我覺得海川市可以作為一個試行點，放開手腳去做吧，省裏會給你們大力的支持的。」

金達聽了，說：「呂省長，您別光口頭支持啊，要做這樣一個科技園，是需要很多的人力物力的，省裏面可不可以向我們海川市傾斜一下啊？」

呂紀笑了起來，說：「秀才啊，你長進不少啊，知道向省裏開口要資源了。不過，你這個想法確實不錯，省裏很認可，你們在這方面有什麼需要省裏協助的，儘可以跟我說，省裏一定會盡量幫你們解決的，這樣子你滿意了吧？」

金達高興地說：「太滿意了，謝謝呂省長對我們海川市的大力支持。」

呂紀說：「好好幹吧，秀才，跟你說句實話，你現在的轉變，讓我有眼前一亮的感覺，原本我對你還有些看法，但看你現在做得這麼好，我對你的看法整個改觀了。在這一點上，我還真是佩服郭奎書記，他真是能慧眼識人，在你還沒發光之前，就看到你真正的實力，把你提拔到市長的位置上，這點我還真是自愧不如啊。」

呂紀這麼說，表明他對金達已經有充分的信任了，金達心裏總算鬆了口氣，呂紀之前對他有所質疑，幾乎是政壇上公開的秘密，他也曾因此擔心自己海川市長的位置保不住，現在看來，這種擔心可以消除了。

呂紀又鼓勵了金達幾句，這才結束和金達的談話。

金達從呂紀的辦公室出來，心情大好，他知道一切的轉變，都必須歸功於傅華；金達就撥通了傅華的電話，想跟傅華分享他的喜悅。

金達高興地說：「傅華啊，告訴你一個好消息，我們海川市建立海洋科技園的想法得到了省裏的大力支持，呂紀省長對此讚賞有加，還說願意幫我們解決一切的難題。」

傅華聽了說：「那太好了，金市長，我們海川市可以在海洋經濟上大有作為了。」

金達笑笑說：「是呀，我聽呂省長這麼說，心裏十分的高興，第一個就想把這個好消息告訴你。傅華，這件事還要謝謝你啊。」

傅華說：「金市長，您謝我幹什麼，這個海洋科技園完全是您設想的，與我可沒關係啊。」

金達說：「可是如果沒有你提醒我，要腳踏實地，我還會像個瞎子一樣四處亂撞，根本就不會朝這方面去想的。傅華，有你這樣的朋友在我身邊，我真的感到很幸運。」

傅華立刻說：「金市長，您不要這樣說，我們目標是一致的，都想把海川給搞好，如果我曾經提醒過您什麼，那也是我應該做的。」

金達笑了，說：「是呀，我們都是為了海川市的發展，就讓我們繼續努力吧。」

結束跟傅華的通話，金達回到了在省城的家。

萬菊還沒有下班，金達閒坐了一會兒，索性就出門買了菜，然後回家洗手作羹湯了。

萬菊帶著兒子回來，一進門就聽見金達哼著小曲在廚房忙活，驚喜地說：「誒，今天太陽打從西邊出來了嗎？我們的大市長竟然下廚了？」

金達從廚房了探出了頭，笑說：「你們回來啦，飯我做好了，你們洗洗手就可以吃飯了。」

自從金達到海川任職副市長之後，金達每次從海川回來，基本上都是板著個臉的，臉上罕有笑容，就連跟兒子親近的時候，他臉上的笑容也是擠出來的。特別是金達成為了市長之後，這種狀況更加嚴重。

萬菊知道金達在海川的工作壓力很大，她也能理解金達的心情，一下子要挑起一個經濟大市的市長擔子，本來就是一個很大的挑戰，更何況金達並沒有很豐富的行政領導經驗，他感到困難也是很正常的。現在金達能夠心情愉快的下廚，說明他大概已經能夠勝任這個市長工作了。

萬菊不禁替金達高興，她看了看金達，笑說：「你今天遇到什麼好事了？」

金達說：「今天呂省長當面表揚我，說我讓他感覺眼前一亮。」

看來還真是金達在工作上做出了成績，萬菊高興地說：「我就知道你行的，我替你高興，終於不用再看你的愁眉苦臉了。」

金達說：「我有那麼差勁嗎？」

萬菊笑說：「你沒有嗎？我就差沒給你存證留念了，你去海川之後，哪一次回來不是唉聲嘆氣的？」

金達有些不好意思，說：「那可能是我一開始不適應吧，對不起啊老婆，我讓你感到壓力了。」

這時，兒子過來嚷著餓了，金達就說：「開飯開飯。」一家人坐到飯桌上。

金達做的菜很豐盛，萬菊就開了瓶紅酒，兩人各倒了一杯，萬菊端起酒杯，笑說：

「來，老公，這杯敬你，祝賀你重新找到了自我。」

金達握了握萬菊的手，感激地說：「老婆，我知道讓你一個人要帶孩子，還要工作，確實很難，辛苦你了。」

萬菊聽了，眼圈紅了，說：「你知道就好。」

金達說：「要不，你還是跟我去海川吧，我現在工作狀態也穩定了，給你找個合適的單位還是不難的。」

原本因為金達在海川立足未穩，不好太過去爭取什麼，只好暫時把家小帶去海川的事放了下來。而萬菊對去海川也並不積極，她在省旅遊局工作多年，早就習慣了那種氛圍，一下子要改變環境，她心裏也很難接受；再說還有兒子的就學問題，她覺得省城的教育環境強於海川，不想把兒子送到海川去就讀。所以調動的事情就一直拖到現在。

萬菊想了想，說：「還是暫時等一等吧，你現在工作才剛有起色，別再因為我影響了你的工作。」

金達說：「那要不你請一個保姆吧，我們也花得起這個錢，你就別那麼辛苦了。」

萬菊苦笑了一下，說：「現在好保姆很難找的，我們同事有請保姆的，三天兩頭抱怨保姆這樣不好，那樣不好的，我聽著頭都大了。好了，今天是祝賀你工作上的事，我們怎麼把話題說到這兒來了，來，喝酒。」

第二天，金達從齊州趕回海川時，已經是下午了。在走進政府辦公大樓的時候，迎面正碰到穆廣。

穆廣看到金達，打招呼說：「金市長，您從省裏回來了？」

金達點了點頭，問道：「老穆，你要出去啊？」

穆廣回答說：「工商聯有個會邀請我去參加。」

金達說：「好，去吧。」

兩人錯身而過，金達回頭看了一下穆廣，穆廣已經下了政府大樓門前的臺階，打開車門上了車。

從穆廣的背影中，金達隱約看出了一絲落寞。不知道是不是因為自己最近有意無意跟他保持距離的緣故？這傢伙大概對自己這段時間良好的表現不會太高興吧？

金達現在慢慢品出味來了，他大致猜到為什麼穆廣要想盡辦法來離間他和傅華的關係，因為只有他被完全孤立起來，他才會更加依賴穆廣，穆廣的地位才更顯重要。金達在心中暗自搖了搖頭，這種人真是可惡啊，為了個人的利益什麼都做得出來。

金達進了辦公室，便打電話給市公安局局長，讓他馬上到自己辦公室裏來。

過了幾分鐘，公安局長匆忙來到金達辦公室。

局長喘息著問：「金市長，您找我有事？」

金達說：「沒有，相反的，我還想表揚你們公安局，這一次安德森公司來，你們的工作做得很不錯。」

局長鬆了口氣，說：「市長無需表揚我們，那是我們公安局應該做的。」

金達說：「表揚還是應該表揚的，這次你們的工作確實做得很好。不過有一件事情我沒弄明白，為什麼上次你們的公安人員會出現在海川大酒店呢？」

金達找公安局長來，就是想要追查上次為什麼會突然發生臨檢的事，而且只查傅華和他女朋友的房間。

前段時間由於形勢不穩，金達不敢在這上面做什麼文章，生怕一不小心把事情鬧大，會影響到自己。現在各方形勢有了很大的轉變，他已經無需擔心查處這件事情會影響到什麼了，於是開始著手調查。

再是，金達明顯感到這是穆廣針對自己要跟傅華和好而搞的一個小動作，他想借此懲戒做這個小動作的人，敲山震虎，讓穆廣行為收斂一些，別再搞出這些影響工作的事情來了。

局長緊張了起來，原本他以為金達對這件事情不聞不問，公安局可以蒙混過關，現在金達突然再次問起，局長知道金達實際上並沒有忘記這件事，還放在心上。

局長趕忙說：「金市長，這件事情我沒詳細調查過，不過，通常我們公安出這種勤務，都是因為有人舉報，才會根據舉報情形出動的。」

局長的解釋合情合理，有舉報才出勤，公安局似乎也沒做錯什麼，但金達知道事情絕非這麼簡單，他看了局長一眼，笑了笑說：「你怎麼會沒仔細調查這件事情呢？這似乎不對吧？」

局長知道今天這一關不好過了，硬著頭皮說：

「金市長，您應該知道，我們公安人員這麼做本身是沒錯誤的，我怕再去調查，會影響下面工作人員的士氣。」

金達笑說：「你弄錯我的意思了，我沒指責你們出勤錯了，我是覺得你們沒有做後續的調查是錯誤的。那晚的情形我知道，你們查的是駐京辦主任傅華和他女朋友的房間，結果沒發現任何問題。你們公安局不覺得這裏面有什麼不對嗎？」

局長還沒反應過來，乾笑了一下，說：「金市長，也沒有規定說駐京班主任的房間不能查啊？」

金達笑了起來，說：「你怎麼就弄不明白呢？查房本身沒有錯，但是這個報警的人就很成問題了。他這是謊報吧？而且造成了我們跟安德森公司第一次談判的失敗，因為這次的失敗，給我們海川市和安德森公司都造成了很大的損失。你可不要告訴我，這種情形你們無法調查這個報案人。」

局長頭上的汗流下來了，緊張地說：「金市長，這種情形確實是應該偵查報案人的。」

金達笑了笑，他知道事情跟這個局長並沒有直接關係，也不想太過難為公安局長，便說：「這件事既然跟市裏的招商工作扯上了關係，你們公安部門是不是該給我們市裏面一個解釋呢？再說，如果放過了這一次的事情，再有居心不良的人見到這種情形居然不受懲罰，會不會也依樣畫葫蘆呢？」

公安局長說：「對不起金市長，是我失職，我回去就部署下去，馬上立案偵查。」

金達笑笑說：「那你趕緊去吧。」

局長便灰溜溜地走了，金達在背後看著他，臉上露出了笑容。

一石投下，頓時泛起一圈接一圈的漣漪。

局長回去之後，馬上就找到了城區分局，城區分局接著就找到了當晚出勤的東南大街派出所，分局局長讓派出所的所長馬上去分局說明當晚的情況。

所長慌了，他當晚是接到分局分管他們派出所的孫副局長的電話，孫副局長在電話裏吩咐他，說有人在海川大酒店賣淫嫖娼，讓他出勤務的。

當時所長還以為是孫副局長照顧他們的好事情，因為抓到賣淫嫖娼的案子，他們所又可以罰罰款，發一筆小財了。

可是結果完全出乎所長的意料之外，到現場之後，才發現孫副局長提供的資訊根本就不準確，住那兩個房間的，竟然是海川市駐京辦主任傅華和他的女朋友。

當時所長就感覺到事情有些不妙，他覺得自己是被人利用了，為此，他找過孫副局長，孫副局長解釋說，他也沒想到會搞錯，不過，搞錯了就搞錯了吧，也沒有人會追查這件事情，讓他放心好了。

後來，果然像孫副局長所說的那樣風平浪靜，沒有任何人追問這件事，所長也心存僥倖，認為這件事就算過去了，沒想到，就在所長都快忘記這件事的時候，分局忽然要他說明當晚的情況。

所長馬上打電話給孫副局長，說：「孫副局長，局長讓我去彙報那晚的情況，你說我該怎麼辦啊？」

孫副局長一時還沒反應過來，說：「什麼情況啊？哪一晚啊？」

所長有點惱火了，他覺得孫副局長是在裝糊塗，這傢伙該不會裝不知道來撇清自己吧？還是他根本上就想陷害自己？他氣憤地說：

「孫副局長，你這樣子就不夠義氣了吧？你可別以為裝糊塗就可以把責任全部推卸到我身上。」

孫副局長不高興地說：「你什麼意思啊，我裝什麼糊塗啊，究竟是哪一晚啊，你先把事情說清楚再說。」

所長說：「就是抓到海川駐京辦主任傅華的那一晚，你不會以為事情就這麼過去了吧？」

第二章

慘重代價

鏡得搖了搖頭，說：

「很多人以為這些是可以兼得的，但實際上，這是很貪心的，現實當中，有很多為了兩者兼得而付出慘重代價的例子，我想施主是官場中人，這種例子知道的肯定比我要多。」

孫副局長驚詫的叫道：「什麼，局長讓你去彙報抓傅華那一晚的情況？」

孫副局長也以為這件事早就過去了，當時是副市長穆廣找他辦的，抓錯人後，他曾找過穆廣，婉轉地問過穆廣，為什麼在房間的竟然是傅華和他女朋友。

穆廣輕描淡寫的說，他也是聽朋友說的，沒想到朋友弄錯了，鬧了一場誤會。不過這樣也沒什麼，公安正當執法，又沒有對傅華採取什麼強制措施，想來傅華也不會太介意的。

孫副局長雖然覺得穆廣的解釋很牽強，可是他也不太敢去質疑什麼，他這個城區分局的副局長離穆廣的級別還差著好幾層呢，穆廣肯找他辦事，是給他面子，他應該高興的承擔下來，否則未免有些太不識趣了，所以孫副局長雖然覺得不對勁，也沒再說什麼。

沒想到風平浪靜的一段日子之後，分局竟然要查這件事情，還是局長親自查，這可有點不對勁了。

所長說：「是啊，孫副局長，你說我現在要怎麼辦呢？」

孫副局長想了一會兒，說：「你先別慌，就說你是接到了市民報案，按照正常程序做的。」

所長說：「恐怕不是這麼好應付的吧？如果這麼容易，局長也不會親自查這件事情了。」

孫副局長一時也找不到更好的辦法，只好說：「你就先這麼應付著，不行再說吧。」

所長只好答應了下來，掛了電話後，匆忙趕去了分局。

所長便按照預先跟孫副局長商量好的作了彙報，城區分局局長聽完之後，問道：「你說是接到報案電話，是誰接到的？可有電話記錄？」

所長是接到孫副局長的電話才出勤的，所裏其他人自然不知道是什麼情況，如果指認在別的人身上，事情馬上就會露餡了，所長只好硬著頭皮攬到自己身上，便說：「是我接的電話，有報案記錄的。」

分局局長說：「那你把相關的記錄移交上來，局裏想調查一下，究竟是什麼人報的警。」

所長冷汗直下，他根本拿不出電話記錄，不過眼下只好硬著頭皮先應承下來再說，便說：「好的，我回去馬上就安排。」

所長離開後，孫副局長看了看分局局長，說：「局長，出了什麼事情啊，您為什麼突然對一個報假案的小案子這麼關心啊？」

分局局長說：「市局局長親自過問這個案子，我能不關心嗎？據說是金達市長讓查的，他對這個案子很重視，因為這個案子影響了市裏和安德森公司的合作，所以金市長指示一定要查出是誰報的警，追究責任。」

孫副局長一聽，這下事情嚴重了，竟然是金市長下令追查的，孫副局長強自控制住心神，才沒有在局長面前失態。

他離開分局長辦公室之後，馬上就打電話給東南大街派出所的所長，所長也正慌張著呢，叫苦說：「孫副局長，這下子怎麼辦呢？局長跟我要記錄，我從哪裡找記錄給他啊？」

孫副局長說：「你慌什麼啊，還沒到最後的時候呢，你先想辦法拖著，給我點時間想想辦法。」

所長苦笑著說：「那你可要快一點啊。」

孫副局長也沒別的辦法可想了，他打電話給穆廣，說自己有些緊急情況要彙報，要求見穆廣。

穆廣問是什麼事情，孫副局長說，是金達要查那晚去傅華房間臨檢的事，穆廣也吃驚不小，他以為這件事情早就過去了，沒想到金達竟然又重提舊事，金達這是想幹什麼呢？

穆廣不敢讓孫副局長來市府辦公大樓見他，就跟孫副局長約在雲龍山莊見面。

穆廣先到了雲龍山莊，過了一會兒，看到孫副局長也搭了計程車過來了，孫副局長還算懂事，沒開顯眼的警車過來。

一見面，穆廣就問道：「究竟是怎麼回事啊？」

孫副局長就講了他知道的情況，穆廣沉吟了半晌。

金達這是什麼意思啊？按說，這並不是什麼重大案件，往常這種小事，金達是不會管的，就算要管，也會讓他這個副市長出面處理。現在他親自抓這個案子，是想要幹什麼？難道他懷疑這個案子是自己從中搞的鬼？

穆廣心中警覺了起來，他最近感受到金達對他的疏遠，他知道這都是傅華和金達和好造成的，卻沒想到金達會懷疑他跟這個案子有關。

孫副局長看穆廣一直不說話，有些著急了，說：「穆副市長，您看我究竟要怎麼辦呢？」

穆廣瞪了孫副局長一眼，不高興的說：「你慌張什麼啊，這點小事，有必要把你慌成這個樣子嗎？」

孫副局長說：「萬一追查下來，肯定會追到我身上的，到時候我怎麼說啊？」

穆廣笑了，他早就想過要如何解決這件事情，因此心中早就有數了。

穆廣說：「你該怎麼說就怎麼說吧。」

孫副局長愣了一下，隨即有些慌張地說：「穆副市長，我可沒有要把你說出去的意思。」

對孫副局長來說，金達和穆廣都是他不敢得罪的人，因此孫副局長打算，最後如果抵賴不過去，自己就把責任扛起來，反正這只是一個謊報的小案子，不過是受一點行政處分。他找穆廣，其實是有向穆廣表功的意思，也許事情過後，穆廣會對他有所回報呢。

穆廣笑笑說：「老孫啊，你想到哪裡去了？這麼點小事你都解決不了嗎？真是的。」

孫副局長看了看穆廣，納悶地說：「我這個人很笨，穆副市長，您還是有話明說的好。」

穆廣搖了搖頭，說：「你呀，真是的，好啦，我跟你說明白一點。現在金達市長在追查這件事情是吧？歸根到底，他想要的是什麼啊？一個合理的解釋嘛！你們就給他一個合理的解釋不就行了嗎？」

孫副局長仍是一頭霧水地說：「可是這個合理解釋從哪裡來啊？」

穆廣瞪了孫副局長一眼，說：「這也要我教你啊？金市長不過是想要一個報假案的人而已，你給他一個不就行了？你可不要告訴我，什麼報案記錄之類的你們搞不出來啊？」

話說到這份上，孫副局長總算明白穆廣是叫他幹什麼了，穆廣是讓他隨便找個人認了這個案子，反正頂了案子的人，大不了被拘留幾天就沒事了。

孫副局長暗讚穆廣老謀深算，笑了笑說：「我明白了，穆副市長，我馬上就回去安排。」

穆廣笑笑說：「那你趕緊去吧，別讓我們的金達市長等急了。」

孫副局長就離開雲龍山莊，去了東南大街派出所。

他和所長關上門來嘀咕了半天，面授機宜，所長聽完後，也馬上就開竅了，他便找了一個可靠的人出來，讓這個人承認當晚確實是他報警的，至於為什麼報警，這個人解釋說是那晚喝多了，覺得打報警電話很好玩，就隨便胡謅說海川大酒店有人在賣淫嫖娼。至於為什麼會是傅華和他女朋友的房間，這個人說他是信口胡說的。

所長又安排親信改寫了那一晚的報警記錄，然後把記錄和這個人的筆錄送給了分局局長。

這些解釋雖然看上去很牽強，可是也無法說事情就一定不會是這個樣子。分局局長拿到了報警記錄和詢問筆錄，覺得勉強可以解釋得過去，也並不想再深究下去，就把資料送到了市局。

秉承一樣的想法，市局局長也覺得勉強可以交差了，就拿著資料找金達彙報了。

金達看著送來的報告，聽著局長的簡報，臉上似笑非笑，他沒想到會是這麼個結果，這幫人竟然給了他一個這麼滑稽的答案。

這分報告，明眼人一看就是假的，這幫傢伙還真是能糊弄人啊。可是金達也無法硬說這個報告不對，拿不出什麼相反的證據來。

局長彙報完，金達笑了笑說：「鬧出這麼大的風波，最後的原因就是有人喝醉了跟我們鬧著玩嗎？這是不是有點太巧了？」

局長笑笑說：「我也覺得是有點巧，不過金市長，我們經常會遇到這種情況，很多案子，特別是像這種臨時起意的案子，往往都是當事人覺得好玩，一時沒想清楚後果，就胡搞出來的。」

金達看了局長一眼，說：「原來你是這樣子認為的，這麼說，這不是你拿來糊弄我的了？」

局長有些尷尬，金達像是話中有話，似乎對他很不滿意，趕忙說：「金市長，我們絕對不敢糊弄你的，這可是我們全力偵查的結果。」

金達把報告扔到桌上，說：「行了，我知道了，你回去吧。」

局長看看金達，金達面無表情，表示金達雖然接受了這分報告，可是並不滿意，他有心再跟金達解釋一下，可是金達已經垂下了眼簾，不去看他了，就有點無趣的說：「那我走了，金市長。」

金達點點頭說：「好的。」

局長離開了，金達搖了搖頭，從剛才得到的這個調查結果來看，穆廣在下面似乎還是有些影響力的，竟然會有人出來幫他頂罪，對這個穆廣還真是不能小視。

眼下海川的局面還真是有些複雜，自己應該認真權衡一下得失利弊，考慮一下要怎麼使用穆廣這個人。

金達心中思忖，穆廣分管的工作是前任常務市長原來的攤子，有沒有必要調整一下呢？還有一些人事上的安排，自己接任市長之後，也是沿襲徐正時期的人事安排，現在已經有一段時間了，是不是也需要做些調整呢？

不過，人事方面的更動，需要跟張琳做溝通，沒有張琳的同意，他就是想動也是不能的。

金達就找到了張琳，兩人現在的關係融洽了很多，因此張琳見到金達，便笑著說：「金達同志啊，我聽說你在查那次傅華被查房的事情？」

金達笑說：「張書記也知道這件事情了？」

張琳記笑笑說：「官場上從來都是少不了八卦的。對了，你最後查明白了沒有？」

金達說：「結果是有了，可是很滑稽，他們跟我彙報的結果，竟說那個報案人是喝多了開玩笑的，明顯是敷衍我。」

張琳搖了搖頭，說：「金達同志啊，這我可要說說你了，公安局的同志之所以拿出這樣的報告，肯定是有所本的，你如果沒有證據，就不要隨便說他們敷衍。這些話，你在我面前說說沒問題，可是在別有用心的人面前，有人可能就會借機興風作浪的，散佈說你對下面同志們的工作不滿意了。」

金達反駁說：「張書記，我是真的對公安同志的工作不滿意，難道你也認為那個報警只是一場酒後的玩笑嗎？」

張琳笑說：「金達同志啊，我不是贊同這個結論，可我也無法反對，這是警方調查出來的結果，沒有足夠的相反證據，我們這些做領導的，也是無法提出反對意見的，這我想你應該明白。」

金達說：「明白是明白，可我還是覺得下面的同志工作態度有問題。張書記，我今天來，是有一個想法想跟你溝通一下，我覺得有些同志並不適合現在的工作和職務，是不是可以適當的調整一下？」

張琳看了金達一眼，說：「說說你的想法。」

金達提出了他想調整現有的分工，以及有些部門領導，現在看起來不很得力，人事方面是不是可以做些適當的調整。

張琳聽完，並沒有馬上表態，他想了一會兒之後，拿起桌上的一盆盆景，問說：「金達同志，你看看這個盆景像什麼？」

金達看了看那個盆景，一個精緻的小盆中，栽了一棵蔥綠虬曲的松樹。松樹盤旋而上，有些像一條龍。

他不太明白張書記為什麼讓他看這個盆景，難道這裏面有什麼深意嗎？

金達看了張書記一眼，說：「我覺得像一條龍？」

「你再從這個角度來看呢，」說著，張書記把盆景挪動了一下位置，這下子再看，明顯不像龍了，金達也說不出像什麼。

因為角度的轉變，讓他的視野不同，松樹原來的佈局整體都改變了。

金達笑了笑說：「我說不出像什麼了，張書記您覺得像什麼？」

張琳笑笑說：「我也不知道像什麼，你看，因為角度的改變，原本像一條龍的盆景就什麼也不像了。這跟中國畫的取意是一致的，要的就是在那種似與不似之間的味道。」

金達被弄糊塗了，笑笑說：「張書記，想不到您對中國藝術這麼精通，不過我不明白，這跟我說的事情有關聯嗎？」

張琳說：「看人看事也跟看這個盆景是一致的，角度的不同，你對人和事的看法也會完全不同，有時候，你要學會換一個角度，才能看出其中相似的地方，而不要光看到它不似的地方。」

金達明白了，張琳轉了這麼大一圈，是想要他看到事物好的一面，不要光看到不好的一面。他心中有些不以為然，便說：「張書記您的意思是說，我們以不動為妙？」

張琳點點頭說：「金達同志啊，我知道你是從工作的角度出發，才想要做些調整的，可是你也要想到，現在調整，是不是有些急呢？你說的這些同志，並沒有犯什麼嚴重的錯誤，你調整他們，會不會讓他們對你很有意見呢？如果你不能拿出讓他們接受的理由，他們就會變成反對你的力量，到時候，你能應付得了嗎？特別是這個穆廣同志，他是一個很有能力的幹部，如果你沒有理由貿然去動他，他會站到你的對立面去，這可不是一個好對付的同志啊。」

這可是金達沒想過的層面，他感覺張琳還是比自己老練，想的比自己更全面。

金達立即說：「謝謝張書記的提醒，我把事情想得太過於簡單了。」

張琳說：「你是想得太過簡單了，你光說要調整，可是代替的人選呢？你並沒有一個你熟悉瞭解的人選來代替這些人。如果是這樣，還是一動不如一靜的好。」

金達點點頭說：「是，張書記說的很有道理。」

張琳又說：「慢慢來吧，你現在的局面剛剛穩定住，這個時候不宜大動，確實有不適合的，可以微調一下，避免因為動了這些人引起局面的混亂，那樣子，你前面的努力可能就要付諸流水了。同時，你也可以利用這段時間多去觀察一下你周邊的情況，儲備需要的人才，等將來局面徹底穩定的時候，想怎麼調整，還不是舉手之勞嗎？」

金達想想也是，自己剛穩定住局面，此時大動，真是可能再次引起混亂的，還是像張琳說的那樣，多觀察多琢磨，耐心等待局面的徹底穩定比較好。

有了這種想法之後，金達心態平和了，他再看到穆廣的時候，就不再用懷疑的心態來看待穆廣，反而表現出友善來，他又開始跟穆廣商討起一些市政方面的問題來，穆廣有些意見對的地方，他也能從善如流，接受下來。

穆廣被搞糊塗了，雖然孫副局長跟他說金達接受了公安的說法，那晚的事情算是畫上了句號，可穆廣心裏很清楚，金達實際的矛頭是指向他的。

按照以往他對金達的認識，就算沒查到自己頭上來，金達對他的態度也是會大有改變的，前些日子他已經覺得金達有些疏遠他了，怎麼現在金達又回到了一開始對他親近的態度了呢？

金達這種態度並沒有讓穆廣感到高興，他是一個多疑的人，雖然他還沒有想明白金達為什麼會這麼對他，可是他感覺金達變得不可捉摸，變得更難對付了。

穆廣鬱悶了起來，他又有一種想逃離的感覺。現在金達回到市裏面主持工作，他有些空閒的時間出來，便又想到了鏡得和尚。他要去見見鏡得和尚，順便也放鬆一下這段時間持續緊繃的心情。

穆廣就聯繫了錢總，錢總說他已經跟鏡得和尚說過，隨時都可以出發，兩人就相約在週末一起進山。

週末的早上，錢總接了穆廣，就往鏡得和尚那裏趕。

穆廣在車上神情木然，一直看著窗外。

不知不覺來到了鏡得的小廟，這一次穆廣已經知道鏡得的個性，也就對他那種愛理不理的態度不再介意了。

兩人再次來到廂房，穆廣開門見山，開口就問道：

「鏡得師父，我記得上次你跟我講了兩個故事，一個是釋迦摩尼成佛的故事，一個是一個姑娘想要東家宿西家食的故事，這兩個故事，我回去認真地想了想，到現在還是沒想明白其中的道理，今天來，就是想求您點撥我明白的。」

鏡得用銳利的眼神看了看穆廣，穆廣感到心底被看穿了一樣，有些不自在的低下了頭。

鏡得看他這種神情，微微笑了笑，說：「以施主的聰明才智，這兩個故事是難不住你的，我想施主不是沒想明白，施主是想明白了，可是無法去實施罷了。」

穆廣說：「師父，您這話說的就不對了，我真是沒想明白。」

鏡得又看了穆廣一眼，說：「看來施主的內心被功利名祿蒙蔽得很深啊，這麼淺顯的道理都想不明白嗎？」

穆廣說：「還求師父明示。」

鏡得搖了搖頭，說：

「其實這兩個故事並沒有什麼深奧的地方，佛祖成佛的故事中，我已經講得很明白了，釋迦牟尼是放下了重擔，心如荷葉上的水珠，無欲無染；他遠離塵垢，摒棄了一切私心雜念，使貪、瞋、癡等煩惱不再起於心頭，終於覺悟成道成了佛。而那則笑話更是淺顯易懂不過了，那個姑娘既想享受榮華富貴，又想要如意郎君，顯然無法兩者兼得。這兩個故事換到施主身上，我是想你在求取功名的過程中，不要既想要權力，還要美女、財富。很多人以為這些是可以兼得的，但實際上，這是很貪心的，現實當中，有很多為了兩者兼得而付出慘重代價的例子，我想施主是官場中人，這種例子知道的肯定比我要多。」

「原來就這麼簡單啊？」穆廣笑笑說。

鏡得笑說：「就這麼簡單，但是施主你自問一下，你做到了沒有？」

穆廣臉上的笑容僵住了，這個老和尚眼神還真是刁鑽，竟然早就看出自己無法做到這一點。

鏡得搖了搖頭，說：「施主，一個人一輩子能做好一件事情已是不易，可是你心中想要的東西太多，日夜註思，擇利而行，位欲高，財欲厚，嬌妻美妾，呵呵，你見過這世上有幾個人能做到這一點啊？沒有吧？」

穆廣心中有些不以為然，心說這老和尚還真是會廢話，你怎麼敢保證這世界上就一定沒這種人呢？我見過的高官厚祿嬌妻美妾的人還少嗎？那些作奸犯科的人，真正被抓到的有幾個？

穆廣這些話並沒有說出口，他只笑了笑說：「謝謝師父指點，時間不早了，我要回去了。」

鏡得說：「施主已經被功名利祿迷住了心竅，你讓我說什麼好呢？我勸你還是現在就醒悟的好，不要到了沒有餘地的時候再來後悔，就來不及了。」

穆廣說：「師父，你看走眼了，我沒有需要醒悟的地方啊，我現在挺好的。」

鏡得搖搖頭，說：「施主，你不要以為別人都沒有你聰明，小心聰明反被聰明誤啊。」

穆廣心中有些惱火了起來，這老和尚真是不知趣，自己已經很婉轉的說了他說的話不對了，他還呱噪個沒完，真是煩人。

穆廣臉沉了下來，說：「好啦，謝謝師父的指點，再見了。」說完便站了起來，轉身走出了廂房。

出了廂房之後，自顧的走出了小廟。

錢總見穆廣這個樣子，不知道發生了什麼事情，趕忙追了出來，見穆廣陰著臉站在車旁，便走過來問道：「怎麼了，穆副市長？」

穆廣沒好氣的說：「這個老和尚就會瞎說，真是掃興！走吧，我們趕緊離開這裏。」

錢總也不敢說什麼，就打開車門讓穆廣上了車，發動車子準備離開。

穆廣此時已經被鏡得弄得一點想去玩樂的心情都沒有了，便說：「老錢啊，別往前走了，回去，回去。」

錢總看了穆廣一眼，陪笑著說：「穆副市長，我已經準備好了，您就去放鬆一下吧？」

穆廣沒好氣的說：「玩玩玩，就知道玩，是不是要玩到我玩完就好了？」

錢總見穆廣火氣這麼大，不敢再說什麼，就默默掉轉車頭，往海川方向開去。

一路上，穆廣一直生著悶氣。這幾年，穆廣每天聽的都是阿諛奉承的話，還沒有一個人跟他說過這麼不留餘地的話，他感覺被鏡得和尚觸了霉頭，心中十分的鬱悶。

車子開出很長一段路後，穆廣心情才平復了些，他看了看悶著頭在開車的錢總，笑了笑說：「老錢，剛才不好意思啊，我不該向你發火的，都是那老和尚說的話太過氣人了。」

錢總笑了笑說：「沒事的，大家老朋友了，話輕一句重一句都很正常。鏡得和尚是出世之人，不通世事人情，您就別跟他一般見識了。」

穆廣恨恨地說：「這老和尚是不通世故，說什麼我想要的太多，讓我早日醒悟。這世界上誰想要的不是越多越好啊，只有像他這樣的苦和尚才會這不想要，那不想要的。」

錢總看了一眼穆廣，心中不禁起了一個想法，難道這傢伙要出事了？他對鏡得和尚是很信服的，鏡得和尚這麼說穆廣，是不是覺得穆廣的未來出現了某種危機了呢？

錢總對穆廣跟關蓮之間的關係，其實是很不以為然的，他聽到了不少風聲，說穆廣利用關蓮，搞了許多見不得人的交易。

錢總很想藉這個機會提醒一下穆廣，讓他跟關蓮保持一下距離，玩女人什麼時候都可以玩，但千萬不要玩出火來。

可是穆廣現在正在氣頭上，所以話到嘴邊還是縮了回去，這時候他再這麼說的話，八成穆廣也會覺得他不通世故了，便笑笑說：「是啊，人都是欲望動物，好東西誰都想要的。」

穆廣忿忿地說：「就是嘛，現在這社會，誰不是要了這樣占了那樣的，也沒見幾個出事的。」

錢總沒再說什麼，他也不好發表什麼意見。兩人這麼一趟來回，回到海川已經是晚上了，便找了個飯店吃了點東西就分手了。

穆廣回到海川大酒店的房間休息，他已經奔波了一天，感覺很累。可是因為心情鬱悶，他躺在床上卻翻來覆去都睡不著。

雖然他很反感鏡得和尚說的話，可是他也意識到這是一個警訊，尤其是在他和金達之間的關係變得不尷不尬的時候。這讓他不得不認真地思考自己有沒有什麼把柄被金達抓住了的。

穆廣越想越覺得害怕，原本他以為設計得天衣無縫的東西，現在卻覺得千瘡百孔，穆廣就這樣在自己嚇自己當中，煩到了一個不行。

最後實在躺不下去了，乾脆起來穿了衣服，看看時間，已經是深夜了，他想去關蓮那裏看看，以往他心情煩躁的時候，在關蓮那兒總是可以得到釋放的。

到了關蓮那裏，穆廣開了門，屋內冷冷清清的，關蓮並不在家，穆廣心情越發煩躁，心說：這個臭娘們大半夜跑去哪裡了？難道趁自己不在海川時，跑出去偷會情人去了嗎？

穆廣去客廳的沙發上坐了下來，準備等關蓮回來。

時間一分一秒的過去，關蓮遲遲沒有回來，穆廣等得睏了，就靠在沙發上睡了過去。

匡噹一聲門響，穆廣從睡夢中被驚醒，看到關蓮正靠在門上，臉上紅紅的，一副喝醉了的樣子。看來她並不是出去偷人了。不過穆廣仍然不是很高興，一個女人半夜三更喝得醉醺醺的，實在不像個樣子。

穆廣走了過去，立刻聞到了一股難聞的酒臭味，他皺著眉頭，推了推閉著眼睛靠在門上的關蓮。

關蓮驚叫了一聲：「誰啊？」眼睛睜開，看到是穆廣，拍了拍胸脯說：「你嚇死我了，我還以為家裏進小偷了呢。」

穆廣沒好氣的說：「你跟誰喝得醉成這個樣子？」

關蓮傻笑了一下，說：「怎麼了，我一個人出去喝酒不行啊？」

穆廣越發不高興，呵斥說：「一個女孩子喝這麼多幹什麼？趕緊收拾一下睡覺去。」

關蓮煩躁的說：「要你管我，你是我什麼人啊？誒，你不是明天才會回來的嗎？怎麼突然提前回來了，哦我知道了，你這是不信任我，提前跑回來調查我的是吧？」

穆廣說：「我跑回來查你什麼啊？我那邊的事情辦完了，就早點回來了。」

關蓮卻想起了上次穆廣突然回來查看她的那件事情，心中就很氣憤，她已經為穆廣放棄了丁益，穆廣竟然還這樣子疑神疑鬼，不信任她。

她晚上喝得有點多，腦筋不像清醒時刻那麼反應靈敏，說話也失去了控制，氣憤之下，就指著穆廣說：

「你別騙我了，你明明跟我說是兩天的行程，怎麼會一天就趕了回來，而且趕回來就趕回來吧，連個電話也不打就突然跑來，不是想查我是幹什麼？你上次也是這個樣子，想搞個突然襲擊，你當我不知道啊？」

穆廣煩躁地說：「你知道什麼，我是事情不順利，提前結束了才回來的。」

關蓮仍然不相信穆廣，叫嚷道：「別撒謊了，你明明就是不信任我。」

穆廣被關蓮的嚷嚷聲給嚇壞了，他來這裏是偷會情人的，可不想讓周圍的鄰居都知道，趕忙說：「你嚷嚷什麼，怕別人不知道嗎？」

關蓮還在叫著：「你就是不信任我，你不信任我，就別來我這裏啊！」

穆廣看關蓮的醉勁上來了，自己說什麼她都不聽，就氣急敗壞的把關蓮拖到了浴室，打開了冷水的閥門，沒頭沒臉的就往關蓮頭上噴。

冷水刺激之下，關蓮清醒了很多，她意識到自己剛才是在跟穆廣爭吵，心中知道自己有些酒醉，失去了控制，便不再掙扎，頹然的坐到了地上，任憑穆廣繼續噴灑冷水。

穆廣看關蓮不再大吵大鬧，把關蓮拽了起來，說：「去換衣服睡覺去。」

關蓮聽話的換了衣服，一聲不響的上了床。

折騰了大半夜，關蓮也累了，加上喝了很多酒，躺下來就呼呼睡了過去。

穆廣哭笑不得看著睡著了的關蓮，嘆了口氣，心說：這個女人倒是睡得很快。

沒想到關蓮喝醉了之後睡覺鼾聲如雷，穆廣躺在關蓮身旁，越發睡不著，直到天濛濛亮，才迷迷糊糊睡了過去。

醒來時，天光已經大亮，看看時間是上午十點了，穆廣吃了一驚，趕忙抓了衣服，穿好了就往外走。

關蓮正在做早餐，看到匆忙要走的穆廣，便問了一聲：「你今天還有事啊？」

穆廣愣了一下，這才想起原本今天他是請了假的，就停下了腳步，轉身到了廚房，看看正在忙活的關蓮，說：「你酒醒了？」

關蓮小心翼翼的看了一眼穆廣，她是心懷鬼胎的，昨晚她又去了她跟丁益碰面的那家酒吧。

她還是忘不了丁益，很想能在那裏再次遇到丁益，也許丁益會再給她一次機會。結果喝悶酒等到很晚，不但沒遇到丁益，反倒是遇到了一些無聊的男人搭訕，最後酒吧快打烊了，她才醉醺醺的回了家。沒想到穆廣竟然在家裏等著她。

早上醒來時，關蓮努力回想著昨晚發生的事情，卻發現她想不起來自己在見到穆廣之後說了些什麼。

關蓮偷瞄了一下穆廣，穆廣的臉色雖然不太好看，可也沒到震怒的地步，關蓮猜測自己昨晚應該沒說什麼過頭的話，便笑了笑說：「醒啦，昨晚我是不是讓你生氣了？」

穆廣看了關蓮一眼，說：「你一個女孩子出去喝那麼多酒，又那麼晚回來，會讓人擔心的。」

關蓮說：「我昨晚是心裏煩，你又不在我身邊，我就出去解解悶。下次不會這個樣子了。」

穆廣隨口問說：「你煩什麼啊，你想要的東西，有什麼我沒給你弄到？」

關蓮嘆了口氣，說：「不是那些，昨天我爸爸打電話來，問我在外面有沒有交男朋友，還說我歲數不小，應該早點結婚了。我不知道該如何跟他解釋我們的關係，心情就煩了。」

穆廣笑了笑說：「煩這個幹什麼，下次你父親再問，就說你在外面有男朋友了。」

關蓮實際上是把父親作為昨晚去酒吧的藉口，隨口說出來的，沒想到穆廣還當真了，她只能敷衍下去，便苦笑了一下，說：「可不能那麼說，我要那麼說了，我爸肯定會讓我把男朋友帶回去給他見見的，到時候我領誰回去啊？」

穆廣笑笑說：「我不能跟你回去嗎，我不是那麼見不得人的吧？」

關蓮這下子真的愣住了，她看了看穆廣，說：「你是開玩笑的吧，你真的願意跟我回家，見我的父母？」

穆廣說：「這有什麼不可以？我沒問題的。」

穆廣昨晚在睡不著的時候想了很多，尤其是對關蓮，他知道關蓮正是青春躁動的年紀，要把她綁在身邊，是一件很不容易的事，但是他跟關蓮很多事情都牽涉在一起，要放手讓關蓮離開，他也不放心，因此決定儘量籠絡住關蓮，順著關蓮一點。此刻他說願意跟關蓮去見她的父母，也是想跟拴住關蓮的心。

關蓮聽了說：「那我怎麼跟我父母介紹你啊？說你是海川市的副市長？」

穆廣搖搖頭說：「你就說我是一個做生意的大老闆。怎麼樣，我像個大老闆吧？」

關蓮笑了起來，說：「像，你的氣勢就跟個大老闆一樣的。」

穆廣得意地說：「那不就沒問題了？」

關蓮看了穆廣一眼，她不知道穆廣在想些什麼，只是感覺穆廣這個樣子有些怪怪的，便有些懷疑是不是自己昨晚說了什麼不該說的話了，便說：「哥哥，你不需要這個樣子的，是不是昨晚我說什麼了？」

穆廣說：「你昨晚是說了一些話，不過，我能理解你的心情，讓你這樣一個漂亮女人，沒什麼名分的跟著我，確實有些委屈，去見你父母，也算是我給你的一種補償吧。再是，我昨天確實是事情提前結束了才會趕回來的，並沒有什麼懷疑你的意思。」

隨著穆廣的談話，關蓮影影綽綽記起了一些昨晚自己說的話，她有些不好意思了起來，說：「哥哥，你別怪我，我說的那都是醉話，口不應心的。」

穆廣笑笑說：「沒事的，我沒怪你。」

關蓮這時弄好了早餐，擺到了餐桌上，兩人相對而坐，開始吃早餐。

吃了一會兒，穆廣說：「你可以想一想你家裏需要些什麼，到時候跟我說一聲，我買給你們。」

關蓮這時是真的有點感動了，她說：「哥哥，我家裏很窮的，你真的要去啊？」

穆廣說：「再窮也是養育你的父母，他們生了你這個千嬌百媚的寶貝給我，我去見見他們也是應該的。你也可以給他們一些錢，你跟了我這個大老闆，他們也應該跟著沾沾光的。」

關蓮雖然跟穆廣在一起之後，賺了不少錢，可是並不敢給她父母很多，怕引起家裏附近鄰居的懷疑，現在穆廣肯出面見她的父母，給了她一個合理的理由，她跟了一個大老闆，自然就有錢了，雖然這個大老闆年紀大了一些，可是人們只會注意她的男朋友有沒有錢，不會在意他們年齡差距大不大，般不般配的。

關蓮感激地點了點頭，說：「謝謝你了，哥哥，我會做好安排的。」

穆廣看得出來關蓮的感激是真心的，他知道這個女人是徹底被收服了，便笑了笑說：「跟我就不用客氣了。」

第三章

一笑泯恩仇

劉康問道：「傅華，可以陪我吃頓飯嗎？」

傅華笑了，說：「劉董，你不會真的以為我們能相逢一笑泯恩仇吧？」

劉康說：「什麼相逢一笑泯恩仇啊，我只是想跟你一起吃頓飯而已，你不會是怕我給你飯中下毒吧？」

北京，振東集團。

傅華來找蘇南，結婚日子日益臨近，他是來給蘇南送請帖的。雖然鄭老的意思是不要太招搖，可是有些很好的朋友還是要請一下的。

蘇南接到請帖，愣了一下，說：「傅華，你這就不對了吧，都要結婚了也沒帶你女朋友讓我見一下？這個鄭莉是誰啊？你的女朋友不是方蘇嗎？什麼時間換成鄭莉了啊？」

傅華笑了，這才意識到自己好長時間沒見過蘇南，彼此之間的近況都不瞭解了。

傅華說：「南哥，您先別急，我一個一個回答您。」

蘇南笑笑說：「我沒著急，只是覺得你有點不夠意思，都要結婚了，才想起我來。」

傅華不好意思說：「最近事情太多，一直沒騰出時間來跟您好好坐一坐。我記得以前就跟您說過了，方蘇不是我的女朋友，我跟她只是好朋友，後來因為被曉菲鬧了一下，我和方蘇還演了一場假鳳虛凰的把戲。其實我們真的沒什麼的。」

蘇南搖搖頭說：「我倒是覺得方蘇很拿你當回事的，你這樣子可有點對不起她啊。」

傅華說：「方蘇知道我和鄭莉的事了。誒，南哥，方蘇在你這裏工作的還好吧？」

蘇南笑笑說：「很好，她很能幹。」

傅華說：「至於鄭莉是誰，我說一個人您就知道了，她是鄭老的孫女。」

蘇南聽了說：「鄭老的孫女啊，她父親是鄭老的哪個兒子？」

傅華說：「鄭莉的父親叫鄭堅。」

蘇南笑了起來：「傅華，你倒是又找了一個有錢的人家啊。」

傅華笑笑說：「南哥應該知道我不是沖著她家的錢去的，再說，小莉很獨立，基本上跟她父親的財富沒什麼關係。」

蘇南點點頭說：「你的為人我清楚。誒，安排個時間我請請你們吧，算是讓我先見見美麗的新娘好不好？」

傅華笑說：「南哥安排就是了，我會帶鄭莉赴約的。」

蘇南看了看自己的日程安排，就說：「擇日不如撞日，正好今晚我也沒什麼活動，就今晚吧。地點就安排在曉菲的四合院，行嗎？」

傅華愣了一下，他沒想到蘇南會把地點定在曉菲那裏，不知道曉菲見到他帶著鄭莉去，會是一個什麼態度？再是，鄭莉會不會在他和曉菲的舉動中窺探出一點蛛絲馬跡來？

傅華猶豫了一下，說：「南哥，去曉菲那裏好嗎？」

蘇南笑說：「怎麼不好，正好也讓曉菲知道一下你的新娘是什麼樣子。曉菲對你的情況很關心，上次一聽說你有女朋友了，不就很熱心的把你們約去見了見嗎？」

傅華暗自叫苦，他跟曉菲的曖昧一直是瞞著蘇南的，他笑了笑說：「還是算了吧，曉菲是很愛起鬨的，我怕鄭莉會受不了。」

蘇南說：「還沒結婚你就開始護著老婆了？怕什麼呢，我和曉菲都是你的好朋友，就算現在不見，將來也是會見面的。你不要怕了，曉菲是知道分寸的人，她不會太鬧你們的。咦，傅華，你這麼不願意去四合院，該不是你跟曉菲之間有什麼事情怕讓鄭莉知道吧？」

蘇南本來是跟傅華開玩笑的，沒想到卻說中了傅華的心事，他不由地臉紅了一下，不過他自然是不會承認的，便趕緊說：「不是，南哥你說什麼呢！好了，你定四合院就四合院吧。」

蘇南笑笑說：「那要不要我叫上方蘇呢？」

傅華立刻說：「南哥，您是想看我的笑話是吧？」

蘇南大笑說：「跟你開個玩笑罷了，看你嚇得。」

晚上，傅華帶鄭莉去了四合院，鄭莉對四合院的環境很喜歡，說：「傅華，南哥真是會找地方，想不到北京竟然還有這麼雅致的地方。」

傅華很長一段時間沒過來了，這裏的一切仍然跟以往一樣，透著一股老北京的慵懶淡定。

傅華邁進四合院的門檻，心裏是很忐忑不安，他往裏面看了一下，看到服務員在忙著，並沒有見到曉菲的身影，這讓他多少鬆了口氣，起碼現在還不用直接去面對曉菲。

傅華和鄭莉走了進去，服務員把兩人領進房間，給兩人泡上了茶。

鄭莉環顧了一下周圍的環境，說：「傅華，你知道嗎，我從小住四合院，很希望自己能有一座像這樣子的房子，種種花，養養魚，夏天可以放張躺椅在院子中乘涼，多棒啊。這家主人的品味跟我很相似，我很喜歡它的佈局。傅華，你說南哥認識這裏的主人嗎？」

傅華說：「你想幹嘛啊？」

鄭莉笑笑說：「我很喜歡這裏的環境，認識了主人之後，以後可以常來坐坐啊。」

傅華想不到鄭莉會這麼喜歡這裏，還想認識曉菲，他有些好笑的感覺，沒想到跟自己有瓜葛的這兩個女人，品味竟然是一致的。

這時，外面傳來曉菲的聲音：「想不到這位朋友這麼喜歡我的四合院啊，我們是該好好認識一下的。」

說話間，曉菲走了進來。

她還是慣常那副女王的架勢，傅華站了起來，說：「小莉，你不是想認識這裏的主人嗎，這位就是這裏的老闆娘曉菲。」

鄭莉有些驚詫的說：「原來老闆娘這麼年輕漂亮啊，你這裏真是太令人喜歡了。」

曉菲看了看傅華，說：「傅華啊，這位是？」

傅華介紹說：「這位是鄭莉，我的未婚妻。」

曉菲怔了一下，「什麼，你的未婚妻？」

曉菲的反應出乎傅華的意料之外，他說：「是呀，我的未婚妻，南哥沒對你說嗎？」

曉菲乾笑了一下，說：「沒有啊，南哥只說晚上會給我一個驚喜，沒想到會是這個。恭喜你了，傅華。」

傅華沒想到蘇南竟然會這麼跟曉菲說，他笑笑說：「謝謝啦，怎麼南哥還沒到呢？」

曉菲說：「南哥剛打電話來，說他馬上就到。我們先坐下吧。」

傅華說：「南哥真是的，他還在你這裏，卻不早點過來。」

傅華特別點出這是蘇南選的地方，是想告訴曉菲，並不是自己要帶鄭莉過來的，以免曉菲誤會自己帶鄭莉來，是來示威的。

三人坐了下來，曉菲坐到了鄭莉身邊，對鄭莉說：「還沒請問你是做哪一行的呢？」

鄭莉講自己開了一個叫做「莉」的服裝品牌，曉菲驚喜地說：「那家店原來是你開的?!那裏的衣服款式我很喜歡。」

鄭莉笑笑說：「我猜你也會很喜歡，因為這個四合院的佈置我也很喜歡，說明我們的欣賞品味應該差不多。」

曉菲瞄了傅華一眼，心說我們都看上了同一個男人，自然是品味一致了。她笑了笑說：「你要是喜歡這裏，以後沒事可以常來坐坐，我這裏就是好朋友一起聚會的地方，以前傅華也常來的。」

鄭莉看了傅華一眼，說：「是嗎，傅華，我怎麼從來沒聽你提起過這裏啊？」

傅華趕忙解釋說：「我以前常跟南哥過來聊天吃飯。」

傅華很怕鄭莉有什麼誤會，心中暗自埋怨蘇南怎麼不早點來，讓自己面對這麼尷尬的局面。

曉菲聽出了傅華的話外之音，看了看傅華，說：「是啊，傅華以前常跟南哥過來的，只是最近一段時間很少來了。」

這時蘇南走進了四合院，問服務員道：「傅華到了嗎？」

傅華在雅座聽到了蘇南的聲音，心說這傢伙可算是來了，便趕忙站了起來，說：「南哥來了，我們去接他一下吧。」

曉菲瞭解傅華現在尷尬的心情，便沒說什麼，跟著傅華，三人就出去雅座，迎接蘇南。

蘇南看到三人，沖著鄭莉說：「這位就是鄭莉吧？」

鄭莉跟蘇南握了手，說：「您好南哥，早就聽傅華說起您來，只是沒機會見面。」

蘇南笑笑說：「你早就聽說啊，我卻直到今天才知道你的存在，也不知道傅華要藏著你幹什麼。」

曉菲也說：「是啊，我們跟他都是好朋友，他也不帶你出來見見我們，不知道在害怕什麼？」

傅華表情有些不自然地說：「我害怕什麼啊，我只是最近事情忙了點，沒機會來跟你們見面罷了。誒，南哥，您可是來晚了。」

蘇南聽了說：「你這是怪我讓你的女朋友等我了？」

傅華心說，我怪你把地點定在這令我尷尬的四合院，自己卻不早點來，嘴裏卻說：「是啊，鄭莉跟您是第一次見面，您這個主人遲遲不來，我們多不好意思啊。」

蘇南笑笑說：「好，是我不好，一會兒我自罰一杯。」

四個人就進了雅座。

坐定之後，蘇南問傅華說：「傅華，你們的機場工程進行的怎麼樣了？」

傅華愣了一下，說：「南哥，你怎麼突然提起這個了？」

蘇南笑笑說：「也沒什麼，只是今天聽一個朋友說，劉康從美國回來了，就想問問你們的機場工程究竟怎麼樣了。」

劉康這個名字，傅華好久沒聽過了，再聽到時，竟然有幾分漠然。

劉康去了美國之後，似乎就斷了音訊。時間已經過去這麼久了，物是人非，傅華心中對劉康的仇恨已經消磨得差不多了，便說：「劉康回來就回來吧。」

蘇南說：「我還以為你會很激動呢？」

傅華笑笑說：「我激動什麼，我又不能拿他怎麼樣。」

蘇南說：「我聽說劉康這一次回來蒼老了很多，看來他在美國的日子也不是很好過。」

傅華感慨地說：「其實劉康對吳雯一直是不錯的，我想吳雯的死對他的打擊也不算小。」

蘇南笑笑說：「好了，不說這些了，傅華啊，來，我敬你們小倆口一杯，恭喜你們啦。」

傅華和鄭莉端起酒杯跟蘇南碰了一下杯子，鄭莉說：「謝謝南哥了。」

隨即曉菲也敬了他們，向他們表示祝福。

整個晚宴，傅華雖然心中不無尷尬，可是曉菲和鄭莉都是見過大場面的人，舉止應對落落大方，所以整體氣氛還算輕鬆愉快。

結束後，曉菲把三人送了出來，看著三人上車離開。

鄭莉不時回頭去看站在四合院門口的曉菲，發現車子開出很遠了，曉菲仍然站在那裏，便笑笑說：「這個曉菲跟你們的友情還真是不錯，送你們出來這麼遠還不回去。」

傅華回頭看了一下，笑了笑說：「其實也沒什麼，我們這些人都很尊重南哥的。」

鄭莉沒有繼續把話題放到曉菲身上，問道：「傅華，你們說的那個劉康，是不是前段時間導致你出車禍的那個傢伙啊？」

傅華這才想起自己出車禍的時候，鄭莉還去醫院看過自己，便點了點頭，說：「是啊，就是那個傢伙。」

鄭莉說：「我很擔心，這傢伙突然從美國回來，會不會對你有什麼不利啊？」

傅華笑說：「不會的，事情已經過去很久了，就連我現在都不那麼恨他了，他應該也不會再來找麻煩了。」

鄭莉還是不太放心，說：「我覺得你還是小心為妙。」

傅華笑了笑說：「不會的，他要對付我早就對付了，不用等這麼久。」

鄭莉說：「那他回來是要幹什麼呢？」

傅華搖搖頭，說：「我也不太清楚啊。」

說話間，鄭莉已經到家了，鄭莉囑咐了一聲傅華開車小心，就上去了。

傅華回到趙凱那裏，一路上，他都在思考劉康為什麼會突然從美國回來，是不是這傢伙在美國耐不住寂寞，又想回來興風作浪呢？這傢伙不是一個好對付的人，還真要小心他一點比較好。

傅華又把吳雯當初錄的那份視頻找了出來，從頭再看了一遍。再看到吳雯，往事歷歷重現，這個幫助過他的女人就這麼不明不白的死掉了，自己卻不能幫她做點什麼，他只好再次有些惆悵的把視頻收了起來。。

第二天，傅華照常上班。

臨近中午的時候，有人敲他辦公室的門，傅華喊了一聲進來，卻看到頭髮已經斑白的劉康走了進來。

傅華愣住了，詫異地說：「劉董怎麼過來了？」

劉康看了看傅華辦公室的環境，笑了笑說：「傅華，我還是第一次到你的辦公室來呢，環境很不錯啊。」

劉康表現的像一個老朋友，傅華心中卻暗自警惕，這個不速之客突然上門來，不知道來意如何？他出國這麼長時間，彼此都已經沒什麼交集了，怎麼他一回來就找上門來了？

傅華客套地說：「劉董說笑了，我這裏比起你的辦公室可差得太遠了。」

劉康笑了笑說：「我們是兩回事，不能相比的。怎麼，不請我坐下來嗎？」

傅華說：「怎麼會，請坐，我給你倒茶。」

劉康坐到了沙發上，聽任傅華忙活著給他泡茶，一邊說：「我走了這麼長時間，你倒是沒什麼變化啊。」

傅華笑笑說：「可劉董卻是老了很多啊。」

劉康說：「是啊，我也覺得自己老了很多。唉，在老外的地方，說的都是嗚哩哇啦的英語，我又聽不懂，悶都悶死了，不老都不行啊。還是這裡好啊，我一落地，就有神清氣爽的感覺。」

傅華把茶遞給劉康，說：「我昨天才聽南哥說起劉董回來了，沒想到今天就見到了。」

劉康笑笑說：「傅華，說起來可能你不相信，我一回到北京，最想見的就是你，想一想真是可笑。你知道我的性子急，自己就找上門來了。」

傅華看了看劉康，說：「劉董是想看看我這個對手現在的情況如何了吧？」

劉康搖搖頭，說：「傅華，你還把我當對手嗎？很多事情都過去了，我們之間的恩恩怨怨，是不是可以畫上句號了？」

傅華淡淡地說：「劉董，你真的以為有些事可以就這麼過去嗎？」

劉康灑脫地說：「你不讓它過去，受累的其實是你自己，因為你心中始終背負著對我的仇恨。何必呢？我現在已經是個風燭殘年的老人了，一個人孤零零的生活在國外，度日如年。有時候想想，吳雯的死對我來說就是懲罰，它讓我失去了原本設計好的幸福生活。」

傅華忍不住說：「那也是你自作孽。」

劉康點點頭說：「是，我是自作孽。你如果真的還恨我，現在我回來了，你有什麼報復的手段，盡可以使出來的。」

傅華看了劉康一眼，說：「你不用故作大方了，你明知道我拿不出什麼對付你的手段的。」

劉康笑笑說：「你也不必急在一時，我這次回來，不會再去國外了，你可以慢慢想要怎麼對付我。」

傅華愣了一下，說：「你是說你放棄移民了？」

劉康說：「是啊，我放棄了，我不想再去受那個洋罪了。過幾天，我可能還會去海川看看，你如果在那邊有什麼對付我的招數，也可以使出來。」

傅華看著劉康，說：「怎麼了劉董，你怎麼好像改性了？」

劉康搖搖頭說：「不是改性了，我老了，也厭倦了，在國外，我想了很多以前的事，才發現很多事情我做的真是不應該啊，如果今後受到什麼報應，也是應該的。」

劉康雖然是笑著說這些話，可是傅華從他的臉上看到了悲涼，眼前似乎不再是那個意氣風發的劉康，只是一個日暮途窮的老人。

劉康這個樣子，是真的在懺悔，還是在裝可憐呢？傅華無從判斷，他無法相信這個曾經殺人不眨眼的人，會真的改過自新，便說：「劉董，你這是在向我懺悔嗎？」

劉康笑了，說：「沒有啊，我懺悔了嗎？我只是說，以前有的事情我做的不應該，事情做過了就做過了，懺悔是改變不了什麼的。」

這倒是很符合劉康的性格，即使是心中後悔，也不願意承認。

傅華笑了笑說：「那劉董找我幹什麼，不會就是說幾句聽起來讓人可憐的話吧？」

劉康說：「那倒不是，你知道吳雯葬在什麼地方吧？」

傅華點點頭，說：「她葬在萬安公墓。」

劉康說：「我想去拜祭一下她，你可以帶我去嗎？」

傅華愣了一下，說：「你不覺得你這是貓哭耗子假慈悲嗎？」

劉康說：「隨便你怎麼想，只是請你帶我去一趟吧，求你了。」

傅華見劉康一臉哀求的樣子，心中一軟，便說：「好啦，我帶你去就是了。」

傅華就開車載著劉康一起去了萬安公墓，這是傅華為吳雯選擇的地方，當初孫瑩也是葬在這裏，傅華想，吳雯葬在這裏，起碼不會孤單。

到了吳雯墳前，劉康臉上露出了痛苦的表情，他伸手撫摸著墓碑，兩行老淚無聲的流了下來，哽咽著說：「小雯，乾爹想你了，你是不是還在恨乾爹啊？」

傅華從來沒見過一個老男人會傷心成這個樣子，便轉身走開幾步，讓劉康自己去憑弔吳雯。

過了好一會兒，傅華聽聽那邊沒有什麼聲音了，就走了回去，看到劉康坐在吳雯的墳前，呆呆的看著墓碑，不再流淚，便道：「劉董，我們是不是可以回去了？」

劉康深吸了一口氣，說：「好吧。」

兩人上了車，劉康情緒平復了很多，他看了看傅華，說：「謝謝你，傅華。」

傅華說：「沒什麼，不知道地下的吳雯會不會恨我帶你過來。」

劉康笑笑說：「不會的，她就算恨，也只會恨我。」

傅華看了看劉康，心說：吳雯會恨眼前這個人嗎？吳雯的一切，基本上都是這個人給的，如果沒有這個人，吳雯不過只是仙境夜總會的一個紅牌小姐，可後來吳雯得到的一切，也是被這個人剝奪的，今天地下的吳雯見到悔恨的劉康，不知道應該是恨呢，還是應該感激呢？

傅華沒再說什麼，默默的往回開。

快到海川大廈的時候，劉康問道：「傅華，可以陪我吃頓飯嗎？」

傅華笑了，說：「劉董，你不會真的以為我們能相逢一笑泯恩仇吧？」

劉康說：「什麼相逢一笑泯恩仇啊，我只是想跟你一起吃頓飯而已，你不會是怕我給你飯中下毒吧？」

傅華說：「那倒不怕。」

劉康說：「那就走吧。」

劉康帶傅華來到了一家老北京炸醬麵館，劉康說：「傅華啊，你知道嗎，我在國外嘴饞的就是這一口。」

劉康已經是以一種朋友的態度來對待傅華了，傅華笑了笑說：「我還真沒想到有一天可以跟劉董坐在一起吃炸醬麵。」

劉康點了幾個菜，開了瓶二鍋頭，給傅華倒了一杯，然後說：「不管怎麼說，我今天還是要謝謝你的，來，這杯我敬你。」

傅華跟劉康碰了一下杯子，兩人一飲而盡。

吃了幾口菜之後，劉康說：「我原本以為這輩子我再不會去見吳雯了，當初是我害死她的。可是在國外的時候，我想得最多的就是吳雯，今天硬著頭皮去見她，希望她在天堂能夠原諒我。」

傅華覺得眼前這個劉康真是又可憐又可恨，不禁說道：「劉董，看到你今天這個樣子，我真是不知道該說些什麼，早知今日，何必當初呢？」

劉康嘆說：「是呀，早知今日，何必當初呢？但人不受教訓，是不會覺得自己做錯了什麼的。我半生馳騁江湖，可以說是想要做的事情，沒有做不成的，心中有一種可以主宰他人的感覺，但老天爺最後卻給我了這麼一個教訓，還讓我連還手的機會都沒有。世事弄人啊。來，不說這些了，我們喝酒。」

傅華跟劉康又乾了一杯，他感覺劉康其實也是一個真性情的人，如果當初沒有那一場爭鬥，兩人還真是可能成為朋友的。

劉康拜祭過吳雯之後，似乎心情很好，一直勸傅華喝酒，但傅華心中始終保持著一份警惕，就不肯放開了喝，劉康倒並不強勸，傅華不喝，他就自己喝，到最後竟然喝醉了，炸醬麵吃了幾口之後，就趴在桌子上，不醒人事了。

傅華被弄得哭笑不得，他不能把這個仇家就這樣放在飯店，可又不知道劉康的家在哪裡，只好將劉康帶回了海川大廈，開了一個房間，將劉康扔在裏面休息。

看看劉康一時醒不過來，傅華就把他放在賓館，自己離開駐京辦回趙凱家了。

趙凱晚上沒有應酬，兩人一起吃飯。

傅華說：「爸爸，你猜我今天見到誰了？」

「誰啊？」趙凱問道。

「劉康。」

趙凱驚訝的說：「劉康回來了？你在什麼地方見到他的？他有沒有想要對你不利

啊？」

傅華笑笑說：「爸爸，你別這麼緊張，劉康沒對我怎麼樣。他挺友好的，還跟我一起吃了炸醬麵呢。」

趙凱愣住了，說：「不會吧？你們還在一起吃了炸醬麵？」

傅華說：「對啊。」就跟趙凱講了今天發生的一切，然後說：「爸爸，我現在不明白的是，劉康在我面前的表現是真心的呢，還是故意裝樣子給我看的。」

趙凱想了想說：「按照我的看法，我倒是覺得他是真心的，而且，他也沒必要裝樣子給你看啊。劉康這個人也是威風過的，他如果要對付你，不需要還跟你玩這一套的。」

傅華不解地說：「那我就更搞不懂了，他這個人曾經無惡不作，怎麼會有這麼大的轉變啊？我是不是應該相信這個劉康呢？」

趙凱說：「你不必一定要去相信他，也沒必要去仇視他，保持距離比較合適。你還為吳雯的事情恨他嗎？」

傅華說：「也說不上恨了，事情過去很久了，昨天蘇南跟我說起他的名字的時候，我都有一種陌生的感覺。」

趙凱說：「那就好，他說的那句話還是不錯的，你不能老背負著仇恨生活，適當的時候，該放下來就放下來吧。」

傅華說：「我明白了。」

第二天，傅華辦公時，劉康再次出現在他的辦公室。

傅華笑著說：「你酒醒了？」

劉康說：「醒了，這人老了，真是什麼都不行了，以前我喝再多的酒也不會醉的，沒想到昨天竟然在你面前出了洋相。謝謝你了傅華，把我安置到飯店，費了不少勁吧？」

傅華笑了笑說：「沒什麼，就是把你扶上去而已。劉董，你也夠膽大的，竟然敢放心的在我面前喝得這麼醉，你忘了我們之間是有仇恨的，你就不怕我趁機對付你嗎？」

劉康笑了起來，說：「我知道你不會的。」

傅華說：「你就這麼瞭解我？」

劉康說：「有些時候，我們對對手的瞭解甚至超出對朋友的瞭解。」

傅華笑說：「算你瞭解我。你現在酒也醒了，找我還有什麼事情嗎？」

劉康說：「也沒別的事情，就是想來跟你說聲謝謝。」

傅華說：「你也曾經是一方人物，不必非要這麼拘禮的吧？」

劉康說：「倒也不是非要跟你講這個禮數，只是這麼長時間以來，昨天是我心情最好、最放鬆的一天，跟你在一起吃炸醬麵，味道很不錯。」

傅華笑說：「你這話口不應心了，昨天的炸醬麵你都沒吃多少，我估計你那時喝得那麼醉，連炸醬麵什麼味道都不知道了。」

劉康說：「味道可能是不知道，但我的心情很好。傅華，以後你不反對我們一起吃吃飯，聊聊天什麼的吧？」

傅華愣了一下，說：「劉董你這是什麼意思，想跟我講和嗎？」

劉康笑說：「沒有，你該想招對付我，還去想你的招吧，只是誰也沒有規定說對手之間就不能坐到一起吃吃飯什麼的。」

傅華聽了，笑說：「我如果說不，是不是反而顯得我很小氣了？」

劉康笑笑說：「隨便你了，不過，我劉某人做事向來是我行我素，我想起來要請你吃飯的時候，就會過來的，至於你拒不拒絕，完全在你。好了，我也很累了，想回去泡個澡休息一下，走了。」

劉康轉身揚長而去，留下傅華在後面苦笑著搖了搖頭。

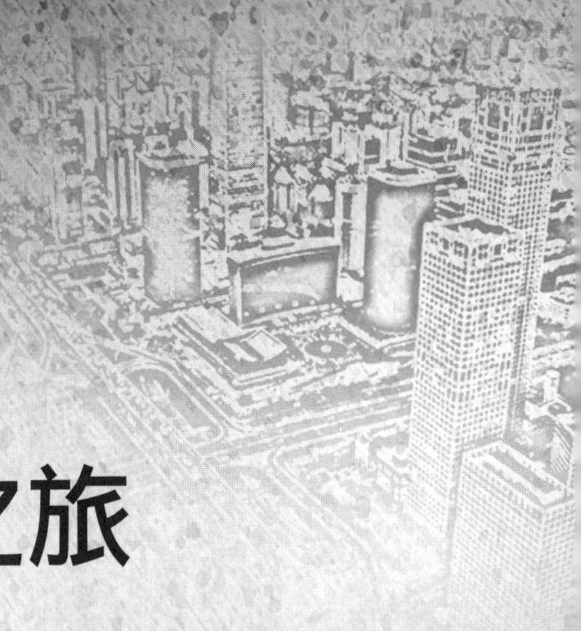

第四章

探親之旅

看關蓮這個樣子，穆廣滿意的笑了，看來這次的探親之旅非常完美。
他費盡心思上演這齣戲碼，甚至壓抑著心中對關蓮家貧窮的厭煩，
就是想要關蓮對他死心塌地，
只有這個女人對他死心塌地，他才能保證自己的安全。

當穆廣的賓士車開到關蓮家所在的村子口時，他看到了一個破敗的村落，瓦房低矮，甚至還有幾棟房子是泥坯草頂的草房。他沒想到現在還有這麼貧窮的地方。

街口幾個蒼老的人蹲在那裏閒聊，孩子圍著老人喊快的奔跑著，看到穆廣的車子過來，馬上就湊了過去，好奇地打量著。

這輛賓士車是穆廣跟錢總借的，他要以一個闊老板的身分去拜訪關蓮的父母，自然不能開太寒酸的車。

穆廣看看坐在一旁的關蓮，說：「你們村怎麼這麼窮啊？」

關蓮苦笑說：「沒辦法，我們這裏的土地貧瘠，也沒有什麼特產，不窮等著幹什麼？」

車子繼續前行，很快就在一條窄巷停了下來，關蓮的家就在這條巷子裏，穆廣的賓士車顯然開不進去，穆廣只好把車停在了巷口。

關蓮和穆廣下了車，一個穿著破舊的老太太走了過來，上下打量著關蓮，說：「這不是老張家的大閨女嗎，回來看你爸媽啊？」

關蓮笑笑說：「對啊，三婆，我小雯啊，回來看看我爸媽。」

三婆又上下打量了一下穆廣，問道：「這位是？」

關蓮介紹說：「這位是我男朋友，叫王廣，在外面做生意的。」

來這裏之前，穆廣和關蓮已經商量好來這裏要怎麼稱呼穆廣，穆廣改名叫王廣，身分是一個做建材生意的大老闆。

三婆笑了笑說：「我說呢，小雯啊，你這個男朋友儀表堂堂的，一看就是大老闆的樣子。」

穆廣這時也很識相的說：「三婆，您老人家好啊。」

三婆點了點頭，說：「好好。」

關蓮感激的看了看穆廣，穆廣肯熱情的去搭理這個農村的老太太，是在做面子給她。

兩人繼續往裏走，不一會兒就到了關蓮家。

關蓮家雖然不是草房，五間瓦房卻顯得十分的破陋，穆廣皺了皺眉頭，對關蓮說：「你應該給家裏一點錢的。」

關蓮笑笑說：「你來給，不是更好嗎？」

穆廣笑了笑，沒再說什麼，關蓮就開了院門，喊了聲媽：「我回來了。」

一個膚色黝黑的中年婦女從屋裏走了出來，五官之間隱約可以看出關蓮的影子，穆廣知道這個女人一定就是關蓮的母親了。

穆廣寒暄著說：「阿姨好。」

關蓮的母親事先並不知道關蓮要回來，她看了看關蓮，說：「小雯啊，這誰啊？」

關蓮說：「媽，這就是我跟你們說過的我的男朋友王廣。爸呢？」

關蓮的媽媽說：「他下田去了，你這孩子，要帶男朋友回來也不跟家裏說一聲，快把你男朋友帶家裏坐，我去叫你爸回來。」

關蓮領著穆廣進了屋，關蓮的母親就趕緊跑出去找關蓮的爸爸回來。

穆廣看屋裏雖然簡陋，倒還收拾得乾淨，就去炕邊坐了下來。

關蓮對穆廣說：「哥，你可別嫌棄我們家啊。」

穆廣笑了笑說：「我也不是什麼富貴人家出身的，我小時候，家裏就是你們家現在的樣子，看到你們家，我還很親切呢，有一種熟悉的味道。」

不一會兒，關蓮的爸爸回來了，是一個很老實的農村漢子，見了穆廣還有些拘謹，穆廣要跟他握手的時候，他還把手用力的在身上的衣服上蹭了幾下。

握完手之後，關蓮的爸爸吩咐老伴給穆廣打荷包蛋吃，穆廣知道打荷包蛋是這一帶農村招待新上門姑爺的一種禮數，沒說什麼，就讓關蓮的母親忙活去了。

關蓮的爸爸讓穆廣坐，給穆廣泡上了茶。他的年紀比起穆廣來，應該大不了多少，可是長時間的農務勞作，讓他顯得比穆廣要老上很多。

穆廣看出關蓮爸爸是一個老實純樸不太會說話的人，便主動問了一些農田裏面的事情，關蓮爸爸倒是農田裏的一把好手，說起這個話題，倒是可以跟穆廣聊上一些，屋內就沒出現冷場。

關蓮的母親很快就端來了一大盤的荷包蛋，穆廣笑說：「阿姨，您真是太客氣了，這麼多我怎麼吃得完呢，分點給小雯吧。」

關蓮媽媽說：「不行，這是規矩，你一定要吃完的。我們家也沒什麼好東西，你不嫌棄我們就好。」

穆廣不好再說什麼，開始大口的吃了起來。

關蓮爸爸在一旁看著穆廣吃完，滿意地點了點頭，他雖然對穆廣年紀有些介意，可是看穆廣對他們家這麼尊重，心中多少舒服了一點。

關蓮爸爸又讓關蓮的媽媽去殺豬買菜，穆廣看這個小村落實在破敗的可以，估計也弄不出什麼好菜來，就說要帶關蓮的父母到縣城找一家飯店吃飯。

關蓮爸爸還想要說什麼，可關蓮知道家裏實在拿不出能招待穆廣的東西了，就讓她爸媽聽從穆廣的安排。

關蓮的爸爸回來的時候，已經看到了巷口停著的賓士車，知道女兒確實是找了一個大老闆，也就不再堅持了。

穆廣這時從皮包裏拿出了兩疊百元大鈔，放在桌子上，說：「叔叔阿姨，我來得太急，也沒買什麼東西，這點錢就算我孝敬你們的。」

關蓮爸爸有點慌，在這小村裏，一棟房子還賣不上一萬塊錢的，穆廣這兩萬塊錢對他來說，是一筆大數目。他看了看關蓮，說：「小雯啊，這錢你讓王廣收回去吧，爸爸只要他對你好就可以了，不用這麼多錢的。」

關蓮看著爸爸，心中感到一陣悲哀，這兩萬塊錢，穆廣可能吃頓飯就能花完，可是自己的父親去賺，卻要辛苦好幾年，幸好自己走出了這個村子，不然的話，也會像父母這麼可憐啊。

關蓮笑笑說：「爸，王廣對我很好的，你放心。錢他既然給你了，你就收下吧，這點錢對他來說不算什麼的。」

關蓮爸爸推辭說：「這不好吧？」

關蓮說：「讓你拿著你就拿著，回頭你把家裏的房子翻新一下。」

關蓮爸爸便順從地說：「那我就收下了。」

這時，院門口有人說：「嫂子，家裏來客人了？」

關蓮媽媽迎了出去，說：「村長來了，是啊，小雯的男朋友來了。」

村長說：「我在巷口看到了那輛賓士車，真是很氣派。嫂子，你家小雯找了一個好男朋友啊，你以後就跟著享福吧。」

關蓮媽媽帶著村長進來，村長是一個五十多歲的男人。

村長還算是見過世面，跟穆廣說了些歡迎的客氣話。穆廣知道在這種小村落裏，村長是很有權威的，就邀請村長跟他們一起進城吃飯，村長客套了幾句之後，也就答應了下來。

看看時間臨近中午，眾人就坐著賓士進了城。

村長坐上了賓士，顯得很是興奮，說這種車子他只在電視上看見過，沒想到這輩子還有機會坐一坐，真是太幸運了。

縣城也並不繁華，穆廣選了一家最好的飯店，讓他們上最好的飯菜、最好的酒，最後也不過花了二百多元，算是給關蓮父母做足了面子。

吃完飯，穆廣把眾人送回了村裡，然後不顧眾人的挽留，堅持要回海川去。

雖然這裏跟他兒時的環境很相似，可是他畢竟不是兒時的穆廣了，讓他留在這個鳥不生蛋的地方，實在是讓他無法接受。

關蓮也不習慣這個簡陋的房子了，便也隨著穆廣趕回了海川。

在回程的車上，關蓮看著穆廣，雖然她跟著穆廣已經賺了很多的錢，可是並她沒有感覺什麼，那些錢見不得光，她無法拿出來炫耀，只能在心中竊喜而已。

今天穆廣的表現，讓她覺得這個男人是真心對她好，他以自己男朋友的身分出現，對她的父母和村人都是那麼禮數周到，讓她在家人和村人面前面子十足，這是目前穆廣這種身分所能給她的最好的一份禮物，讓她十分感動。

關蓮握了握穆廣的手，感激地說：「哥哥，謝謝你為我做的這一切。」

看關蓮這個樣子，穆廣滿意的笑了，看來這次的探親之旅非常完美。

他費盡心思上演這齣戲碼，甚至壓抑著心中對關蓮家貧窮的厭煩，就是想要關蓮對他死心塌地，只有這個女人對他死心塌地，他才能保證自己的安全。

幾乎與此同時，另一場親善之旅也在展開，只不過人物換成了錢總和萬菊。

錢總帶著一個年輕的女子出現在萬菊面前的時候，已經過了中午上班的時間了，萬菊剛剛匆忙趕到辦公室，她馬不停蹄的忙了一上午，兒子因為感冒發高燒，在醫院裏打點滴，她等兒子打完之後，又把兒子送到了自己父母那裏照顧。

萬菊看到錢總，便招呼著說：「錢總，你真是會選時間，再早一點來，我還沒到呢。」

錢總笑笑說：「萬副處長這一上午的，在忙什麼啊？」

萬菊苦笑了一下，說：「我還能忙什麼啊，兒子病了，金達又不在省城，裏裏外外都得我自己去跑，真是累死了。錢總，你這次又找我幹什麼，如果是要去海川看你們的工程，我可是不行，我兒子的病還沒好，我走不開。」

錢總說：「不是，我是有點私事想要麻煩萬副處長你。」

萬菊笑笑說：「錢總，什麼事情啊？先說好，我可是沒什麼職權的人，大事我可幫不上忙。」

錢總指了指身旁跟來的女孩，笑笑說：「也不是大事，這是我一個遠房親戚的女兒，原來在我公司做。可是年輕人野心大，嫌我那裏太偏僻，沒什麼發展，就想來省城闖一闖。」

萬菊這才注意到那個跟來的女孩，女孩二十出頭的樣子，長得很壯實，一看就是幹過農活的樣子，雖然不漂亮，眉眼倒還看得過去，看上去是一個憨厚老實的農村姑娘。

萬菊笑了笑說：「年輕人都是心高，其實省城也不是那麼好混的。」

錢總說：「對啊，我也是跟她這麼說的，可是她就是不聽，非要出來見見世面不可。」

萬菊納悶說：「錢總帶她來找我，不會是想讓我給她在省城找個工作吧？」

錢總說：「不是那個意思，是這樣子的，萬副處長您剛才也說了，省城不是那麼好混的，我怕她闖來闖去，到最後連飯都吃不上，所以就想跟萬副處長商量一下，你不是跟我說過想請個保姆嗎？你看看她是否合適？」

萬菊笑了起來，說：「錢總啊，你想讓人家姑娘到我那裏做保姆啊，這不是笑話嗎？

人家來省城是想闖一番事業出來的，你讓人家當保姆，也要問問人家肯幹嗎？」

錢總解釋說：「我不是要她一直幹保姆，是想在她找到自己認為合適的工作之前，先在您那裏幹一段時間，起碼吃住都有個著落。只是不知道萬副處長你覺得看她還順眼嗎？」

萬菊說：「你是想要她在我那裏過渡一下啊？」

錢總點點頭說：「是啊，你知道，一個姑娘家在省裏也沒什麼朋友，四處亂闖會很危險的，她的家人和我都不放心，想來想去，覺得放到你這裏我最放心，所以就厚著臉皮找了過來。」

萬菊再次打量了一下女孩，女孩倒是一個能幹活的樣子，看上去也不討厭，便說：「錢總啊，小姑娘倒是不錯，只是我怕給不起很高的工資啊。」

錢總笑了，說：「不用很高的工資，你覺得多少合適，隨便給她一點就是了，也就是給她找一個落腳點而已。」

萬菊心動了，這幾天，因為兒子生病，實在是忙活得夠嗆，她早想找一個保姆，先頂過這段時間再說，眼前這個人倒是很合適，又是錢總介紹的，應該是很可靠的。

萬菊問那女孩：「小姑娘，叫什麼名字啊？」

那女孩說：「我叫田燕，阿姨。」

萬菊笑笑說：「倒挺乖巧的，願意給我做個伴嗎？」

田燕點了點頭，說：「願意，謝謝阿姨。」

萬菊笑笑說：「我家裏就三個人，平常我丈夫都在海川，所以家裏就剩下我和兒子兩個人，你只要幫我把三餐準備好，其餘時間，你可以四處走走看看，想要做什麼工作，可以去應聘的。你找好了工作，說不想幹這邊的保姆也無所謂，到時候跟我說一聲就好了。」

田燕點了點頭，說：「我知道了，阿姨。」

錢總笑著說：「小燕啊，你萬阿姨是好心才收留你的，你可要好好幹，別給我丟臉啊。」

田燕笑笑說：「不會的。」

錢總就離開了。

晚上下班的時候，萬菊就帶著田燕回了家，小女孩雖然看上去老實，倒不笨，和萬菊幫著手，很快就把晚餐做了出來，萬菊嘗了嘗，口味還不錯。

吃完飯之後，萬菊又領著田燕在附近轉了轉，讓她熟悉一下環境，知道什麼地方是市場，好去市場買菜。

第二天一早，萬菊起床的時候，就聞到了早餐的香味，田燕已經早早的起來做好早餐了。

萬菊叫起兒子起來吃了早餐，然後送兒子去醫院打針。因為有了田燕，就由田燕陪著兒子，萬菊安排妥當之後就去上班了。中午回家時，午餐已經做好，兒子也打完針，被田燕領回家來了。

萬菊這下子大為輕鬆，以後單位有什麼應酬，她也不需要還要為兒子擔心了，田燕可以把照顧兒子得很好。而田燕似乎是天生就會烹飪，做的飯菜口味很適合萬菊和兒子，還會換著花樣變化，讓萬菊很喜歡這個能幹的小姑娘。

她特地打電話感謝錢總，給她介紹了這麼好的一個人，錢總笑笑說：「不用謝了，她只要不給你添麻煩，我就很高興了。」

早上穆廣去辦公室的時候，心情是很愉快的，從關蓮家回來之後，關蓮對他變得更加乖巧體貼，這幾天都服侍得他十分的舒服。

到了辦公室，秘書劉根給他送來了泡好的茶，一邊告訴他，康盛集團的劉董想來拜訪。穆廣一時還沒想起康盛集團的劉董是什麼人，就問劉根：「這個康盛集團的劉董是什麼人啊？」

劉根笑笑說：「康盛集團就是我們海川新機場的承建商啊。劉董就是他們的董事長劉康。」

穆廣想起來了，他接任海川市副市長之前，這個劉康就移民了，所以他沒見過劉康，因此對他沒什麼印象。

穆廣聽了說：「這傢伙終於肯回來了。」

市裏面的重大項目也是穆廣的分管範圍，新機場項目他還掛著項目小組的副組長呢。原本他以為自己接手之後，作為新機場項目的承建商，董事長劉康應該主動上門來拜訪他的，沒想到康盛集團只來了一個專案經理，劉康根本就沒露面。

這讓穆廣很不高興，他覺得康盛集團這是不尊重他。

另外一點就是，誰都知道新機場項目是塊肥肉，劉康吃下了這麼大一塊肥肉，卻對自己這個主管項目的副市長一點表示都沒有，這也讓穆廣心裏很不舒服。

綜合上面兩個因素，穆廣故意給康盛集團使絆子，對康盛集團需要市政府配合的事務想盡辦法作梗，到期該付的款項也一直拖延。

現在，這個劉康終於來拜訪自己了，穆廣暗自冷笑了一聲，你總算知道我這個主管的副市長不好得罪了。

不過，穆廣也不想太過難為劉康，他多少知道一些劉康和傅華之間的矛盾，也知道劉康手段的毒辣，所謂敵人的敵人就是朋友，他不敢太過招惹劉康，此外，他還想能不能跟劉康聯手起來對付傅華呢。

上午九點的時候，劉康到了穆廣的辦公室。

穆廣看到一個頭髮斑白、已顯老態的男人，心中暗道：這就是那個傳說中辣手摧花、手段毒辣的劉康嗎？怎麼一點也不像？難道傳說是假的，吳雯的死並不是這傢伙幹的？

穆廣心中雖然質疑，還是站了起來，伸出手迎向劉康，說：「劉董，我可是久聞大名了，想不到今日才有緣一見。」

劉康笑了笑說：「穆副市長是怪我來晚了吧？」

穆廣注意到劉康在說笑時，眼神銳利的掃了他一下，心裏就清楚了，這傢伙是人老成精的人物，已經修煉到鋒芒盡斂的地步，看來需要小心應對。

穆廣便說：「劉董這話就不對了，我怎麼會怪你來晚了呢？我只是想早日一睹您的風采罷了。什麼時間回國的？」

劉康回說：「前幾天，在北京待了幾天，就過來海川這邊看看。」

穆廣招呼著說：「請坐請坐。」

兩人就去沙發那裏坐了下來。

穆廣問說：「劉董在國外生活的還好吧？」

劉康笑了笑說：「也沒什麼好的，那裡總不是我們自己的地方，我在那兒彆扭得很。」

穆廣假笑著說：「我還以為劉董放著我們海川的新機場工程不顧，跑到那邊不回來，是在那裡過得很滋潤，樂不思蜀呢？」

劉康笑了笑。

他對眼前這個外傳官聲不錯的官員，心中已經有了初步的認識，他清楚面前的這個人，絕非外面說的那樣清明廉潔。

在見到穆廣的那一刻起，他就從他的眼神中看到了欲望，這是不同於傅華那種人的眼神，傅華那種人對你無所求，因此眼神是清澈的；而眼前這個人一看到自己，眼神中就有一種熱望。

劉康對這種眼神再熟悉不過，這是獵人看到獵物那種見獵心喜的眼神，他相信自己在看到可以攫取的利益的時候，眼神也是這個樣子的。

劉康越發證明了自己的猜測，這個穆廣雖然很會掩飾，其實他的面具後面隱藏著一副跟自己一樣的面孔，這是一個跟自己一樣心性的同類。

劉康笑說：「既然說到我們的新機場工程，穆副市長，我想請問一下，是不是我們的康盛集團有什麼地方做得不夠好啊？」

穆廣面帶微笑說：「沒有啊，你們的工程進展得很好，我們市裏面很滿意。」

「那市政府為什麼不肯按照合同約定的期限付款呢？」劉康質疑說。

穆廣笑了笑說：「這就要請劉董諒解了，你知道我們海川市雖然看上去家大業大，可實際上開支繁多，入不敷出，有時候工程款難免會拖延一下的。這也是沒辦法的事情，我這個巧婦也是難為無米之炊啊。」

劉康看了穆廣一眼，說：「那你們海川市政府就不怕耽擱了工程的進度？」

穆廣笑說：「劉董啊，我們也只是暫時的困難，你們康盛集團可以克服一下嘛，你們是有實力的公司，這點資金應該困不住你們的。」

劉康又追問道：「可是新機場項目是有專項資金的，你們這麼做，可是佔用了專項資金的。」

穆廣輕描淡寫地說：「這一點我們也知道，可是政府難免也有左支右絀的時候，這時候就需要拆東牆補西牆了。劉董啊，大家是合作夥伴，相互體諒一下好嗎？」

劉康說：「穆副市長，我們康盛集團是無法為你們墊付太多資金的，你們該體諒一下我們。」

穆廣笑笑說：「劉董，我們也在想辦法盡力解決這個問題，你不要急，我們很快就會付款給你們的。」

劉康看了看穆廣，他知道穆廣雖然這麼說，可實際上這只是拖延之計。現在的政府雖然進項很多，貌似很有錢，可實際上出項也很多，入不敷出也是正常的。因此很多政府官員都在玩九個杯蓋蓋十個杯子的遊戲。

蓋不過來的時候，就會有這家付了，付不了那家的問題，這時候，主管的官員意志就很關鍵了，因為他可以決定要先付給哪一家。

穆廣大概也是在玩這種遊戲，只是這次更帶著一種故意刁難的意味。劉康明白他這麼做，是想敲康盛公司的竹槓。

劉康做生意這麼多年，早就知道有些上不了臺面的錢是必須要花的，而這些隱性花費也早就納入了工程的成本之內。

劉康也曾安排公司的人給穆廣送錢，可是不知道穆廣是嫌少還是故意裝清廉，一直拒絕接受。下面的人不得其門而入，弄得劉康不得不從北京趕來，如果工程款再這麼壓下去，新機場工程可能真的要面臨停工的狀況了。

這個問題，劉康一時找不出有什麼方法能夠解決，只好先退一步，說：「穆副市長，那希望你們儘快想辦法解決這個問題。」

穆廣敷衍著說：「一定，一定。你先請回，我一定儘快協調有關部門盡快付款。」

劉康聽了，說：「穆副市長這是在送客嗎？」

穆廣笑笑說：「沒有，劉董還有事情嗎？」

劉康說：「也沒別的事情，只是我第一次跟穆副市長見面，想跟你坐一坐、吃頓飯什麼的，我們是合作夥伴，應該熟悉一下。」

穆廣說：「是這樣啊，行啊，不過不是由你請我，是我請你，你遠來是客，我給你接風洗塵吧。」

看來穆廣也是有意跟自己交往的，劉康希望能在這次吃飯的過程中，找到攻下穆廣這個關節的管道，便說：「那我就卻之不恭了。」

穆廣看劉康並沒有糾纏在由誰請客這個環節上，便知道這是一個很通透的人，便說：「那晚上我們海川大酒店不見不散了？」

劉康笑笑說：「不見不散。」

劉康就離開穆廣的辦公室，去了西嶺酒店。

再次回到這裏，劉康有一種物是人非的感覺，吳雯、徐正曾經在這個西嶺酒店發生過很多故事，現在這兩個人都已經往生了，甚至連那個蠻橫的鄭勝也死了，睹物思人，劉康心中有些悲涼的感覺。

沒有了好的經營者，西嶺賓館的經營也呈日漸下滑的趨勢，劉康看著冷冷清清的酒店，一副頹敗的景象，便不想再留在這裏，索性搬到海川大酒店住了下來。

當晚，穆廣便在海川大酒店設宴給劉康接風洗塵。

兩人都是老謀深算之人，一開始還小心翼翼，只談一些社會上的風月八卦，很少談及新機場工程項目，好像真是兩個老朋友久別重逢一樣。

兩杯酒下肚之後，氣氛熱絡了一點，穆廣隨意地問道：「劉董啊，聽說你們當初為了爭取我們新機場項目，跟我們海川駐京辦主任傅華同志產生了一點矛盾？」

劉康和傅華之間的矛盾，都是一些風聞，有人說兩人是因為爭奪一個天姿國色的女人而發生爭執，這個天姿國色的女人就是吳雯，吳雯名義上是劉康的乾女兒，實際上卻是劉康的情人。後來吳雯迷戀上了年輕英俊的傅華，捨棄劉康跑到北京去。劉康不甘心禁臠被奪，一怒之下，找人做了吳雯，更打算做掉傅華。可是傅華命大，車禍沒弄死他，反而牽連到劉康，劉康這才遠避國外。

還有的說，傅華本來是幫振東集團爭取海川新機場項目的，結果失手敗在名不見經傳的康盛集團手裏，傅華和振東集團為此損失慘重，為了報復，收買了劉康的乾女兒吳雯，意圖對付劉康，結果卻被劉康發現，出手對付吳雯和傅華，這才有了吳雯和傅華一死一傷的結局。

這是最靠譜的兩種說法，事情已經過去很久了，人們根據一些片斷的事實，加上自以為是的推測，便演變出了這兩種可能的版本。

穆廣並不完全相信這兩種說法，可是他從這兩種版本中推測出一個事實，那就是劉康和傅華之間肯定是有嫌隙的，只是不清楚這種仇恨到什麼樣的程度。穆廣想弄清楚這一點，最好是劉康跟傅華之間已經到了無法化解的狀態，這樣他就可以利用劉康來對付傅華。

劉康不知道穆廣心中還打著這樣的算盤，愣了一下，為什麼穆廣會提起傅華呢？他剛從國外回來，對這個穆廣知之甚少，更不知道穆廣對傅華有很深的矛盾，因而，他有些拿不準穆廣究竟想要幹什麼。

實際上，劉康對傅華已經改變了早先痛恨他的態度，因為思念吳雯，他對傅華有一種移情心理，想在傅華身上找到一些吳雯的回憶，所以才會一回國就跑去找傅華。

劉康決定先含糊過去，便笑笑說：「穆副市長，有這種事情嗎？我怎麼不知道啊？」

穆廣感覺劉康在躲閃這個話題，便說：「劉董，你別裝了，你以為我不知道當時你們跟振東集團競標的事嗎？很多人都說，私下就是傅華在幫振東集團爭取這個項目的。」

劉康不明白穆廣為什麼會一直糾結這個話題，便說道：「振東集團的確跟我們競爭過這個項目，可是後來他們敗北之後，彼此之間就再也沒什麼利益糾葛了。至於你說的，傅華可能私下幫過振東集團的忙吧，別的我就不是很清楚了。」

穆廣暗自覺得好笑，什麼別的他不清楚，吳雯的死在北京和海川都鬧得十分轟動，傅華還指證過劉康是殺人凶手，劉康在這時候說他不清楚傅華的狀況，顯然是撒謊。這傢伙是怕自己拆穿他殺人的罪行吧。

劉康的表現，讓穆廣越發相信他跟傅華之間的矛盾很深。他看了看劉康，說：「劉董啊，你說的這些都是真的嗎？」

劉康不想再跟穆廣繼續糾纏這個話題，便說：「不管真的假的，都是已經過去的事了，穆副市長，我們是不是不要再談這些了。來喝酒，我敬你。」

劉康就拿杯子碰了一下穆廣的杯子。

穆廣知道自己跟劉康才剛認識，他也不可能在自己面前說太多，不過眼前的態勢看來，倒不是無機可乘的，便跟劉康碰了杯子，將杯中酒一飲而盡。

兩人就把這個話題放下了，繼續喝酒。

穆廣離開的時候，劉康趁著臨別握手之際，很技巧的把一張銀行卡塞到了穆廣手裏，說：「穆副市長，我們工程款的事情還需要麻煩你幫我們多費費心啊。」

穆廣感受到了手中的異樣，知道劉康是想用銀行卡向自己行賄，康盛集團董事長都親自出馬了，估計這張卡的數字一定很豐厚。雖然他很想收下，可是他目前還不了解這個劉康究竟可不可靠，為了謹慎起見，他覺得還是應該謝絕的好。

穆廣便把卡放回了劉康手中，說：「劉董，工程款的事情我會盡力幫你們爭取的。好了，就送到這吧，你早點回去休息吧。」

劉康只好把卡收了回來，裝做若無其事的說：「那穆副市長就慢走吧。」

穆廣上了車，劉康在後面目送他離開，心裏盤算著：這傢伙連銀行卡也不要，他究竟想要什麼啊？

劉康若有所思的回到房間，他本以為這次他來海川，很快就能把事情辦妥，沒想到出師不利，親自出馬送穆廣禮物，都被穆廣拒絕了。

事情沒有得到解決，劉康就無法離開海川，這讓他有些煩躁。

劉康絕不相信穆廣是不吃腥的貓，可是要怎麼讓穆廣把這個腥味吃下去，卻一時也想不到什麼好辦法。

不過，劉康不相信穆廣就一點空子都沒有，按照穆廣這個作派，肯定有人在背後幫他做白手套的，不然的話，穆廣不可能表現得這麼正派。

千里做官只為錢，穆廣表演廉潔的那一套，騙騙別人還可以，是無法騙過劉康這隻老狐狸的。現在只需要把這個白手套給找出來，事情就好解決了。

可是海川這邊，手頭一時沒什麼人可用，這種事也不能貿然就找一個人去查，劉康想來想去，只好從北京調人過來查這件事情。他打電話給以前的手下老王，讓他派幾個精幹的人過來，密切注意穆廣私下的一切行蹤。

劉康出國前，給了老王一筆錢，讓他把這幫人馬給遣散了，老王這段時間一直沒找到像劉康這樣有錢的主顧，只能做些小買賣，日子就過得有些拮据。現在劉康又找了來，十分高興，拍胸脯說：「放心吧，劉董，我馬上就帶人趕過去。」

劉康掛了電話，心中恨恨的想：穆廣，你個混蛋，敬酒不吃吃罰酒，就別怪我用這種手段對付你了。

北京，張凡教授的家裏，傅華帶著鄭莉上門來給張凡送結婚喜帖。

張凡高興地說：「傅華，恭喜你啊。」

傅華說：「謝謝老師。」

師母親熱地拉著鄭莉的手，上下打量著說：「傅華啊，你真是有眼光，能找到這麼落落大方的新娘子。」

傅華笑說：「師母啊，我這個新郎官應該也是很帥的吧？」

四人說了一會兒閒話之後，張凡問傅華：「傅華，我上次讓你帶給你師兄的話，你都帶到了嗎？」

傅華點點頭，說：「老師吩咐的事情，我哪敢不做?!這個小莉可以證明，那天是我們倆一起去見的師兄。」

張凡問：「他當時什麼態度啊？」

傅華說：「師兄態度挺好的，他說一定會認真領會您的教誨，到新崗位之後好好幹，不辜負您的期望。」

張凡看了傅華一眼，說：「他真這麼說？」

傅華被張凡看得有點不自信起來，說：「師兄真是這麼說的，怎麼了，師兄又做什麼錯事了嗎？」

張凡笑笑說：「他倒沒做什麼錯事，只是又開始他的鬧劇了。」

傅華愣了一下，說：「鬧劇？老師您這是什麼意思？」

張凡說：「人家又開始為京劇的振興做貢獻了！他的《秋聲》又再度巡演，這一次，據說是做了很大的修改，算是第二版的《秋聲》。」

傅華苦笑了一下，傅華原以為賈昊玩過了就會把京劇這東西放下來，畢竟他是經濟官員，而非戲劇家，沒想到換了地方之後，賈昊又重新將京劇收拾了起來，不禁問說：「師兄跟我說，他在銀行的工作很繁重，怎麼還有時間搞京劇呢？」

張凡嘆了口氣說：「他在聯合銀行這段時間算是還不錯，不過，隨著工作的重要性日益凸顯，他又開始以往的作風了。他忘了他在證監會是怎樣栽的跟頭了。這人怎麼就這麼不聽勸呢？」

傅華說：「回頭我正好要去給師兄送喜帖，我說說他吧。」

張凡說：「你說說他也好，上到他這種層級的官員，一舉一動，上下都在看著，做事最好還是低調一點。就算他真的愛好京劇，也不能這麼招搖，那些有求於他的官員知道他有這種愛好，還不知道會怎麼樣投其所好呢。你跟他說，要他汲取在證監會的教訓，不要好了瘡疤忘了痛。」

傅華點點頭說：「老師說的是，我會把話帶到的。」

從張凡家出來，鄭莉對傅華說：「你們老師真是嚴厲啊，到現在還要管你師兄啊？」

傅華笑說：「他對師兄期望很高的。」

「你真的要跟你師兄說那些話？」鄭莉問。

傅華說：「是啊，我也希望師兄不要走歪路。」

鄭莉說：「你師兄聽完後，一定不會高興了。」

傅華無奈地說：「那也沒辦法。」

隔天，傅華就專程去了賈昊的辦公室。

聯合銀行辦公大樓是一棟新建不久的高層建築，賈昊在第七層辦公，傅華走進他寬敞氣派的辦公室時，隱約還能嗅到一股油漆味。

傅華說：「師兄啊，你這裏可比在證監會時候氣派多了。」

賈昊笑笑說：「這家銀行是新辦企業，相對來說管理寬鬆些。」

坐定之後，傅華把喜帖遞給賈昊，賈昊笑說：「小師弟你這麼快就修成正果了？」

傅華說：「是呀，我和鄭莉都覺得該早點把事情給辦了。師兄，你這方面是不是還沒什麼進展啊？」

賈昊聳聳肩說：「我就這樣了，有不少人給我介紹，可是我還有一個孩子，相對複雜些。」

傅華看了看賈昊寬大的辦公桌，在桌面上的一疊文件上看到了《秋聲》的劇本，看來賈昊確實對這齣劇很上心。他拿起了劇本，笑問：「師兄，你怎麼還在搞這個啊？」

賈昊回說：「一些朋友起鬨，說我的劇本很不錯，就那麼放棄可惜了，讓我看看能不能再拿出來演出，我覺得原封不動的拿出來也不太好，就做了些修改。小師弟你來了正好，幫我看看修改的怎麼樣？」

傅華開玩笑說：「師兄啊，你還真的拿這個當個主業啊？」

賈昊說：「怎麼了，我只是業餘時間搞搞，並沒有耽誤工作啊？」

傅華婉轉地說：「師兄啊，我覺得京劇這玩意你玩玩票就行了，別再搞了。」

賈昊不以為意地說：「這是我的一個愛好，我覺得沒什麼不好的啊。」

傅華勸說：「我是覺得師兄剛到這家銀行不久，不要弄得這麼高調比較好。」

賈昊說：「小師弟，你不懂的，我這時候就是需要高調一些，現在外面都在傳我是在證監會犯了錯誤，才被調到聯合銀行來的，我再夾著尾巴做人，人家會相信我真是犯了錯誤的。」

傅華看了看賈昊，明明賈昊就是犯了錯才被調走的，他竟然沒絲毫反省。他不清楚賈昊內心究竟是在想些什麼，不過，傅華也沒有立場去指責賈昊什麼，便說：「師兄啊，我不是想說什麼，只是我去給老師送喜帖的時候，老師說起過這件事情。」

賈昊不禁問道：「老師又說什麼了？」

傅華說：「老師說，叫你不要好了瘡疤忘了痛。」

賈昊頓時有些惱火，嚷說：「我就知道他看我不順眼，我做什麼他都覺得不對。」

傅華沒想到賈昊不但不知道反省，反而指責張凡，也很不高興，說：「師兄啊，看來你又得到重用了是吧？」

賈昊看了傅華一眼，說：「小師弟，你這話是什麼意思啊？」

傅華說：「我能是什麼意思啊，我只是想提醒一下師兄你，風光的時候，也不要忘了想想你剛從證監會被調出來時的失落。」

賈昊不悅的說：「你也跟老師一樣這麼看我？」

傅華說：「是的，不過，我和老師都沒有想你不好的意思。師兄，你應該好好想想，你的那幫朋友為什麼起鬨要你把這齣京劇再拿出來演，這排演的資金從哪裡來？」

賈昊皺了一下眉，說：「我知道他們都是有所圖的，可是京劇是我的愛好，讓他們出點錢推廣一下，也不犯什麼法。別人大把的往自己兜裏裝錢也沒事，我為文化藝術做點事情難道就錯了？」

賈昊這是在為自己狡辯，傅華便說：「師兄啊，你還真會為自己找理由啊。算了，該說的話我都說了，怎麼做就看你自己了。好了，喜帖我已經送到了，我要回去了，那天一定要到啊。」

「那天我肯定到的。」賈昊答應著。

第五章

天生尤物

現實中的關蓮，顯得更加年輕，更加豔麗，
她的出現，讓整個宴會都變得亮了起來。
難怪穆廣會喜歡這個女人，這確實是一個天生的尤物，
就連劉康這樣心止如水的人都有些我見猶憐的感覺，
可惜便宜了穆廣這個傢伙。

海川。

不出幾天，老王就摸清了穆廣的行蹤，他發現穆廣除了正常上下班之外，有一個社區他經常會在深夜前去，不到天亮就離開。進一步調查下去，他發現穆廣去的是一個叫做關蓮的年輕女人家，不用說，穆廣和這個關蓮的關係是不正常的，否則也不會這麼鬼鬼祟祟，掩人耳目了。

老王就把情況彙報給劉康，劉康立刻猜到這個女人可能就是在背後幫穆廣做白手套的人，他讓老王不要再去盯穆廣了，而是把目標轉移到關蓮身上，把關蓮相關的一切情況都摸清楚。

老王很快摸清楚關蓮開了一家叫做「關鍵建築資訊諮詢」的公司，令他奇怪的是，這間公司是在北京註冊的。他就又派人去北京調了關鍵公司的資料，還去關鍵公司的辦公地址看了看，很快就得出結論，關鍵公司在北京不過是個皮包公司而已，真正的經營地是在海川。

劉康聽完老王的報告，笑了起來，說：「穆廣為了掩護他這個情人，倒還真是費了一番功夫啊。」

這種小伎倆，劉康一下子就看穿了，劉康更加堅定地相信，關蓮就是穆廣的白手套。下一步，就是如何跟這個白手套建立起聯繫，打通這條跟穆廣聯繫的管道了。

恰好這時富業地產在海川標到了一塊很好的土地，富業地產的老總葉富要搞一個慶祝酒會，劉康也收到了請帖。

外傳這塊地是關鍵公司協助葉富拿到的，劉康知道一定是關蓮透過穆廣拿到這塊優質的地塊。劉康就對富業地產的酒會產生了濃厚的興趣，他相信作為主要功臣的關蓮肯定不會缺席這場酒會的，他要去會會這個藏身在穆廣背後的女人。

晚上，劉康按照請帖上寫明的時間，來到了海川大酒店的宴會廳。

宴會廳裏並沒有劉康想像的那麼熱鬧，看了宴會廳內擺放的菜色和酒品，劉康就多少明白了一些，菜色和酒品都很勉強，一看就知道宴會的主人是個既想擺派頭又不想花錢的主兒。看來人家說富業地產的老總葉富是個小氣鬼，倒是真的一點不假。

不過劉康來此不是想要吃喝的，他的目的是會一會關蓮，便拿了杯酒在手裏，四處的打量著，尋找關蓮的身影。

關蓮和葉富還沒到，來的都是一些無足輕重的角色，劉康覺得有些無聊，便勉強拿了幾樣看上去還可以吃的食物，填了填肚子。

「劉董也有興趣參加這種酒會啊？」突然有人在劉康旁邊問道。

劉康轉頭看了看發話的人，原來是天和房地產公司的丁益。

這勉強算是一個有點分量的人物，他笑了笑說：「丁總說笑了，你不是也來參加了嗎？」

丁益是認識劉康的，他知道劉康跟傅華之間的矛盾，劉康跟傅華當初幾乎鬧到你死我活的地步，後來劉康遠避海外，這場博弈才算是暫時停了下來。因此丁益對劉康突然回海川來有些驚訝。

劉康回來，是不是想跟傅華重啟戰局啊？傅華知道他這個對手回來了嗎？丁益很想知道劉康這次回來的目的，便主動過來跟劉康打招呼，以便試探一下。

丁益笑笑說：「我是來湊湊熱鬧，富業地產得了一塊好地，請我們天和來一塊慶祝，我不來似乎有點不禮貌。劉董，我們可是有些日子沒見了，您什麼時間回來的？」

劉康知道傅華跟丁家父子走得很近，便笑笑說：「我回來有幾天了，我在北京還見過傅華呢，怎麼，他沒跟你說嗎？」

丁益看了看劉康，心說他竟然見過傅華了，會不會對傅華有什麼不利的舉動啊？不過看上去也不太像，近期北京方面也沒什麼不好的消息傳出來，便笑笑說：「我最近跟傅華很少聯繫。」

這時，葉富和關蓮到了，同時到的還有一位姓崔的副市長，不知道穆廣是不是為了避嫌，並沒有來參加這場酒會。

葉富和關蓮、崔副市長三人攜手一起走到了前面，葉富先講了一些歡迎的話，然後請崔副市長講話，崔副市長就上臺講了些祝辭。

劉康在下面觀眾著台上的人，葉富身邊那個女人，看來就是關蓮了。雖然他已經看過老王搞到的關蓮照片，可是看到盛裝出席的關蓮，他還是有驚豔的感覺，現實中的關蓮，顯得更加年輕，更加豔麗，她的出現，讓整個宴會都變得亮了起來。難怪穆廣會喜歡這個女人，這確實是一個天生的尤物，就連劉康這樣心止如水的人都有些我見猶憐的感覺，可惜便宜了穆廣這個傢伙。

劉康對身邊的丁益說：「想不到我離開海川後，海川商界竟然出現了這樣一個漂亮的女人。」

丁益一直在盯著臺上的關蓮看，他對這個女人還是有些不捨，要不然他也不會專門來參加這場沒什麼意義的酒會。

聽劉康讚賞關蓮，丁益便說：「是啊，這個女人確實很漂亮，幾乎可以跟原來劉董的手下吳雯相媲美了。」

沒想到丁益竟然提起了吳雯，劉康心裏刺痛了一下，勉強笑了笑說：「吳雯已經不在了，這個女人可以稱得上是海川商界最漂亮的了。新人換舊人，這是不是也是一種洗牌啊？」

丁益笑了笑說：「也算是吧，劉董離開海川商界這段時間，很多新人冒了出來，像今天這個葉富，原本籍籍無名，可最近在海川商界風頭就很勁，接連做了幾件出彩的生意，一下子就成了海川商界的翹楚人物。還有一個錢總，在白灘搞了一個旅遊休閒度假區，投資規模很大，在海川也是很有影響的，有人說金達市長的夫人都是這個度假區的顧問。」

劉康笑了笑說：「這些都比不上你們天和房地產公司吧？你們是本地的老牌公司，實力雄厚，葉富這種新竄上來的公司，根基淺薄，跟你們是無法相比的。」

丁益笑說：「可是我們鬥不過人家啊，這塊地，我們天和也參與投標了，最後還是輸給了葉富。」

劉康知道丁益不是輸在葉富手上，而是輸在葉富背後的穆廣手上。這不是實力不濟，而是沒找對關係的問題，便笑了笑說：「丁總，一時的成敗說明不了什麼的。」

這時，上面的講話結束了，葉富宣布酒會開始，崔副市長和關蓮走下來，跟各自熟悉的人打招呼。

劉康來這個酒會的目的就是接近關蓮，見狀，就往關蓮站的方向走了過去。

到了關蓮面前，關蓮正和葉富等人聊天，劉康看了看葉富，笑說：「葉總，一段時間沒見，你的生意越發做的大了。」

葉富說：「劉董是笑話我吧，你的康盛集團比我的公司可是規模大的太多了，我的實力跟你可是沒法比的。」

劉康笑笑說：「葉總客氣了，我剛才還跟天和房地產的丁總聊起你，丁總也說葉總現在是我們海川商界的風雲人物啊。」

聽劉康提起丁益，關蓮便知道丁益也在酒會的現場，就四下看了看，正看到丁益站在不遠處也在看著她，四目相對，關蓮心裏不禁五味雜陳，穆廣對她再好，她也只是心存感激罷了，她心裡也還是放不下丁益。可是放不下又能怎麼樣呢？丁益已經跟她一刀兩斷了。

關蓮心中嘆了口氣，強逼自己不再去看丁益。

恰在這時，劉康和葉富談起了她，劉康讓葉富幫他介紹。葉富就說：「關經理，這位是北京康盛集團的董事長劉康先生，他們集團在海川是承建海川新機場項目的，你們都是北京來海川發展的，應該好好認識一下。」

關蓮露出甜美的笑容說：「葉總說笑了，其實我們公司是一家規模很小的公司，雖然也是在北京註冊，可跟劉董的集團公司根本無法相比。」

劉康笑了笑說：「關經理不要這麼說，公司大有大的難處，小有小的好處，既然我們都來自北京，在這裏就更應該互相多親近一些。」

兩人交換了名片，劉康看了看關蓮的名片，說：「關經理，你這個建築資訊諮詢，包括什麼範圍啊？」

關蓮笑笑說：「也沒什麼明確的範圍啦，大致上都與建案有關，我們公司會提供一些專業的建議。」

劉康說：「是這樣啊，那我們公司可能也會有事情麻煩到貴公司了。」

關蓮愣了一下，她並不想招惹劉康，她的公司具體是做什麼的，她自己心裏清楚，如果劉康真的拿什麼建築方面的事來諮詢他，她的底牌馬上就會被拆穿了。

關蓮便說：「劉董啊，我可能幫不上您的忙，機場建設是專業性很強的工程，我們公司並不涉及這一塊。」

劉康心裏感到好笑，這個女人自我保護意識還很強啊，他說：「我們公司還有其他業務啊，可能跟貴公司有些交集，關經理，改天我們找個時間聊聊吧？」

關蓮瞧了瞧劉康，這個斑白頭髮的人一臉平和，她從臉上看不出劉康究竟想要幹什麼，也不好就這麼拒絕劉康，便說：「那我歡迎劉董到我們公司坐一坐。」

劉康笑笑說：「改日一定叨擾。」

這時，關蓮注意到丁益不知道什麼時候走近到她的身邊，她便對丁益說：

「丁總今晚也來參加酒會啊，你們天和公司夠大方的，敗在葉總手裏，還來參加葉總的慶功宴。」

丁益乾笑了一下，說：「沒辦法，葉總發帖子給我們了，我們不來豈不是很沒風度？」

關蓮笑笑說：「原來丁總是一個很有風度的男人啊，我怎麼以前從來都不知道呢？」

丁益聽出關蓮話中的譏諷味道，知道關蓮是在借題發揮，心中有些不滿，心說，因為你是穆廣的情婦，所以我才跟你了斷的，錯又不在我，你憑什麼說我沒風度？便反唇相譏說：「我們也是願賭服輸，其實我們知道葉總和關經理聯手時，就知道我們會失敗了，主要關經理實在是太能幹了，是吧葉總？」

葉富見丁益把話題轉到自己身上，有些尷尬，丁益話中有話，似乎知道了些什麼，難道他曉得自己是利用關蓮找到穆廣，才拿到了這塊地？

葉富心虛地笑笑說：「關經理是很能幹，我們能成功拿到這塊地，是有她一份功勞的。」

關蓮聽了丁益的話，心說你明知道這些，還故意來刺痛我，又害怕繼續聊下去，丁益會說出什麼更不合適的話，便想趕緊離開這裏，於是說：「我突然有些頭痛，葉總，你繼續招待你的客人吧，我先離席了。」

葉富一聽美人不舒服，趕緊關切的問：「怎麼了，關經理，要不要送你去醫院看看？」

關蓮搖頭說：「沒什麼，偏頭痛，老毛病了，我回去躺一下就好了。」就跟劉康和丁益說了再見，匆忙離開了。

穆廣到關蓮家時，看到家裏一片漆黑，開了燈，看到關蓮坐在沙發那裏發呆，便說：「這麼早就回來了，我還以為你在葉富的酒會上呢。」

關蓮是在想她和丁益之間的一些事情，才會坐在那裏發呆，見到穆廣來了，說：「我有點頭痛，就先回來了。」

穆廣去關蓮身邊，伸手試了試關蓮的額頭溫度，說：「是不是感冒了？」

關蓮說：「不是感冒了，是偏頭痛。」

再次見到丁益，關蓮心中對穆廣的感覺又起了新的變化，她發現自己還是更愛丁益，對穆廣的關切行為就有些不舒服。

穆廣說：「那早點休息吧，別坐在那裏了。」

關蓮說：「我有事問你，今天酒會上，有一個北京康盛集團的人找到了我，說是有業務想跟我們公司合作。」

穆廣問：「康盛公司？誰啊？」

關蓮說：「一個叫劉康的董事長。」

穆廣聽了，說：「這老傢伙嗅覺倒靈敏，這麼快就找到你了。」

關蓮看看穆廣，說：「你是說他知道我們之間的關係？」

穆廣說：「他肯定知道了，這是一個老滑頭，他如果不是知道你跟我之間的關係，又怎麼會找你合作？如果我沒猜錯，這傢伙參加葉富的酒會，就是為了找你。」

關蓮說：「那怎麼辦，我是拒絕他呢，還是接受？」

穆廣心中猶豫了一下，經過前幾天那次接觸，他知道劉康是一個老奸巨猾、很危險的人物，和這樣一個人合作，他很害怕會栽到他手裏；可是新機場項目是一塊肥肉，如果自己不能吃上一口，心裏也很遺憾。

想了一會兒，穆廣最終還是捨不得放棄，便說：「你該見見他，看他怎麼說。他說什麼，你回來告訴我，不要輕易答應他什麼。」

關蓮點點頭說：「我知道怎麼做了。」

轉天，劉康就出現在關蓮的辦公室。

關蓮見他進門，就說：「劉董啊，沒想到這麼快就再次見到你。」

劉康說：「我希望能借助關經理的能力，所以就趕緊過來了。」

關蓮笑笑說：「劉董，別說笑了，我一個弱女子能幫你們什麼忙啊？」

劉康回說：「關經理真是夠謙虛，這個忙，還真是要你出手才行。我打開天窗說亮話吧，我們公司新機場項目有幾筆款項被海川市政府壓著不肯付，很多人告訴我，只要找到你關經理，問題就會迎刃而解的。」

關蓮笑了起來，說：「劉董真是會開玩笑，政府壓你的款項，你找政府啊，找我一個開公司的幹什麼，我可沒有能力去命令那些官員給你付錢。」

劉康說：「關經理，這個時候你就別再遮掩了，我知道透過你辦事需要一定的費用，我會一分不少的付給你的，要簽什麼合同之類的東西，我也會簽的。怎麼樣，你給我句痛快話吧？」

關蓮沒想到劉康會這麼直截了當，看了看劉康，說：「劉董，我不知道你都從哪聽到些什麼無稽之談，你說的事情我也不明白，所以也無法幫你，你請回吧。」

劉康用銳利的眼神掃了關蓮一下，他很厭煩這種遊戲，明明這個女人就是穆廣的白手套，卻還要故意跟他裝糊塗，便有些惱火地說：

「關經理，我能夠找到你這裏來，起碼說明兩點，一是我知道了些什麼，所以覺得你能幫我這個忙；二是我願意遵守這個遊戲規則；如果你沒有決定權，你可以跟我說你還要回去商量，如果不是，那就是你和你背後的人拒絕跟我玩這個遊戲了，那我可要重新衡量整個形勢了。」

關蓮心中也有些惱火，每個來求她辦事的人，對她都是畢恭畢敬，禮貌有加的，還沒有一個像劉康這種來求人辦事還咄咄逼人的，她就有心回絕了劉康。

剛要張口，卻發現劉康銳利的眼睛正像狼一樣的盯著她，她心頭起了一陣莫名的寒意，拒絕的話再也難說出口了，便強笑了一下，說：「劉董，這件事情能不能辦，我可能需要回去商量一下，你明天再來吧。」

劉康笑了笑說：「也好，我等你的答覆。」

關蓮就聯繫穆廣，把劉康講的話跟他講了，然後說：「這老傢伙怎麼這麼霸道啊，還有這麼求人辦事的？」

穆廣心說：這是一個殺人不眨眼的傢伙，是有他霸道的底氣的，他懷疑劉康手裡八成握有什麼他的把柄了，所以才敢這麼威脅關蓮。既然劉康已經知道了關蓮的底牌，那再遮掩下去也沒什麼意義，再說劉康這種人也不是好惹的，穆廣並不想把他逼成自己的敵人。

穆廣便說：「既然他這麼迫切，你就答應他吧，跟他弄個合作書出來，收取他一定的傭金好了。」

轉天劉康又到了關蓮那裏，關蓮已經準備好一份合同，遞給劉康說：「劉董，你看看我們這份合同，如果沒什麼意見，我們簽了合同就可以合作了。」

劉康看了看合同，不過是一份關鍵公司為康盛集團提供諮詢服務收費的合同，知道穆廣是通過這種形式來收取好處的，便笑笑說：「關經理果然是爽快人，我沒意見，就按照你的意思辦吧。」

此刻的劉康又是滿臉和氣，跟昨天判若兩人，關蓮都有些不相信眼前的這傢伙就是昨天用犀利眼神盯著她的人了。

關蓮說：「那只要我們收到相關款項，劉董想要做的事情就可以順利解決了。」

「好，我回去馬上就辦。」劉康就回去安排公司支付關鍵公司的費用，關鍵公司很快就收到了匯款。而劉康也立刻接到穆廣的電話。

穆廣表功說：「劉董啊，我費了好大勁，總算幫你們公司挪出了一些工程款，已經匯到你公司帳號上了，你讓會計注意查收一下吧。」

劉康笑笑說：「那真是太感謝穆副市長了。」

穆廣說：「不用這麼客氣了，這是我應該做的，已經耽擱你們這麼長時間，我都有些不好意思了。」

劉康客套說：「沒什麼，我知道市府也是有難處的，你能擠出來付給我們，我們就很感激了。」

穆廣說：「劉董真是諒解我們。誒，費用的事情解決了，劉董下一步要做什麼？」

劉康回說：「這邊的事情解決了，我可能要回北京住一段時間，我還是習慣北京那兒。怎麼，穆副市長找我有事？」

穆廣笑笑說：「也沒什麼，只是有些事我想跟劉董單獨聊聊，不知道劉董有沒有時間？」

劉康也想跟穆廣聊聊，一方面是想瞭解一下穆廣究竟是怎麼想的；另一方面，他也不想輕易開罪穆廣，新機場項目很多地方還需要市政府的配合，穆廣在這裏面可以起到很關鍵性的作用，他如果要刻意刁難的話，今後康盛集團的日子也不會太好過，便說：

「那穆副市長什麼時間可以見我？」

穆廣笑笑說：「現在過來可以嗎？」

劉康說：「那我馬上就過去。」

過一會兒，劉康就出現在穆廣的辦公室，兩人寒暄了幾句之後，穆廣看看劉康，笑說：「劉董，你知道我找你來，想聊什麼嗎？」

劉康大概猜到穆廣約自己，是想聊傅華的事，但是他的心態跟當初已經有很大的不同，便裝糊塗地說：「我還真是不清楚，穆副市長，您想跟我談什麼？」

穆廣不相信劉康這麼通透的人會不知道自己跟傅華之間的矛盾，便笑了笑說：「劉董啊，你真是會裝糊塗，你真的不知道我想跟你談什麼嗎？」

劉康仍是一副不解的神情說：「我真的不清楚，穆副市長，現在就我們兩個人，有什麼話你可以明說。」

穆廣見狀，便說：「那我就明說了，劉董回海川這麼長時間，大概也知道我跟傅華之間有著很深的矛盾吧？」

劉康點點頭，說：「是聽朋友說過一二。」

穆廣說：「那劉董就應該知道，某些立場我們是一致的，對吧？」

劉康笑了起來，說：「穆副市長，你覺得我們的立場是一致的嗎？如果立場一致，我們康盛公司的新機場項目是不是就不會受那麼多刁難了？」

穆廣說：「劉董啊，你不會跟我計較那幾個小錢吧？新機場案是徐正給你們的，他一死，你們公司省下來多少錢啊？」

劉康神情嚴峻地說：「穆副市長，你這句話我可不願意聽了，我們公司跟徐市長可是清清楚楚的，根本不牽涉到什麼利益的輸送。」

穆廣聽了，不禁笑道：「劉董啊，你這麼說可就不上道了，要不要我們市政府重新審查一下當初這個新機場案的招標有沒有什麼不合規定的地方啊？」

劉康冷笑著說：「穆副市長，你以為我會害怕嗎？你要重新審查可以啊，你查吧，我相信我們公司是經得起考驗的。」

劉康反將了穆廣一軍，讓穆廣也不得不佩服這老傢伙的精明，雖然說穆廣不是不可以發起對新機場項目招標的審查，可是當事人現在死的死，調動的調動，重新審查是有一定難度的，更何況，肯定還要得罪一大批相關的人士，對穆廣並不是一件有利的事。

穆廣又裝作和善的面貌說：「我是跟劉董開玩笑的，你還當真了。」

劉康笑笑說：「原來穆副市長是跟我開玩笑的，是我有點不識逗了。」

穆廣說：「看我們把話題說哪兒去了，本來我是想跟劉董聊聊傅華的事。不知道劉董對傅華是怎麼看的？」

劉康看了看穆廣，心想：這傢伙還是政府官員呢，竟然想利用外人來對付一個部下！劉康心頭莫名的起了一陣反感。他可不想被穆廣利用去對付傅華。

劉康笑了笑說：「我想穆副市長可能是聽信了一些謠言，對我劉某人有些錯誤的認識。很多人都覺得我和傅華勢不兩立，但是實際上不是這樣的，我和傅華當初是有一些矛盾和衝突，可那都是傅華誤會我，我個人對他並沒有什麼深仇大恨。我這麼說，穆副市長明白了吧？」

穆廣愣了一下，他沒想到劉康會否認他跟傅華的矛盾，這老傢伙這麼說是什麼意思，害怕跟自己說實話會讓他跟吳雯的死扯上關係嗎？

穆廣心裏認定了劉康是在撒謊，便說：「劉董啊，你這就不實在了吧？你剛才還說這裏就我們兩個人，有話可以直說的。你跟傅華之間的仇恨，恐怕不只是一場誤會吧，起碼我知道傅華是指證過你的。」

劉康說：「我跟你說是傅華誤會我了，那些事情我根本沒做過的。」

穆廣挑撥說：「就是沒做過，他指證你才更可惡啊。」

劉康搖搖頭，說：「穆副市長，有些事情不像你想的那個樣子。我再重申一遍，我和傅華呢，確實是一場誤會。而且這件事情已經過去很久了，我都已經忘了。」

劉康這麼堅決，讓穆廣無法把這個話題再說下去了，他尷尬的說：「那可能真是我誤會劉董了。」

劉康笑笑說：「如果穆副市長再沒什麼話跟我談，那我就回去了。」

穆廣開始覺得自己跟劉康談傅華這個話題有些失策了，這樣子倒像自己送了一個把柄給劉康一樣，便說：「那好吧，劉董你就回去吧，有什麼事情可以再來找我。」

劉康便告辭說：「那再見了。」

穆廣把劉康送出了辦公室。

看著劉康的背影，穆廣心想：要不要給這個老傢伙製造點什麼難題出來，逼他出手對付傅華呢？

穆廣根本就不相信劉康說的跟傅華只是一場誤會的說法，他更願意相信這老傢伙心中恨著傅華呢，只是因為這老傢伙做事謹慎，不想在自己面前表露他真實的想法而已。

這可要好好籌畫一下了，劉康這傢伙精明過人，並不是一個好對付的人，如果不能拿出一個好方法來，說不定會惹禍上身的。

不過，穆廣對自己有信心，他現在很多方面可以制約到新機場項目，他一定能想出辦法脅迫劉康的。

丁益前幾天見到關蓮，過往與這個女人的很多回憶再次被勾起，他的心緒很難平靜下來，就很想找人聊聊，而傅華是唯一他覺得可以聊這個話題的人。

天和房地產公司。

雖然傅華說過不願意談關蓮這個女人，可是現在他跟關蓮已經分手，把這個告訴傅華一下總可以吧？就撥電話給傅華。

傅華接通電話，說：「丁益啊，找我什麼事情啊？」

丁益說：「傅哥，我告訴你，前幾天我在一個酒會上看到劉康了，他說在北京見過你，真的嗎？」

傅華說：「是啊，他回北京的時候來找過我，我們還一起吃了飯呢。」

丁益詫異地說：「你們還一起吃過飯？他可是一個危險人物，你要小心些啊。」

傅華笑笑說：「不會的，我感覺劉康這次回來變了很多，他對以前做過的事似乎有些悔意，跟我在一起的時候也表現得挺友善的，我想他不會對我有什麼不利的舉動的。」

丁益不放心地說：「你就這麼輕易相信他啊？別忘了當初這傢伙可是想置你於死地的。再說，狗改不了吃屎，他對付吳雯那種狠辣是怎麼也改不了的，你還是提防他一些好。」

傅華說：「好，我心中有數的。對了，你在什麼酒會上見過他，你們的業務沒什麼交集啊？」

丁益說：「是富業地產搞的一個慶功酒會上。」

傅華聽了說：「劉康竟然對葉富產生了興趣，這我可沒想到。」

丁益回說：「我看劉康不是對葉富有興趣，他是對來參加酒會的關蓮有興趣。據說康盛公司新機場項目有幾筆到期的款項一直被市政府壓著不肯付，我懷疑劉康知道關蓮跟穆廣的關係，想通過關蓮疏通穆廣，所以當晚一直圍著關蓮轉。」

傅華一聽又是關蓮，不禁說：「怎麼又扯上關蓮了？關蓮又怎麼會去參加葉富的酒會？丁益啊，你是不是也是沖著關蓮才去的？」

丁益趕忙說：「傅哥，你不用反應這麼大，我跟關蓮已經結束了。至於關蓮為什麼會參加這個酒會，那是因為葉富是通過關蓮才拿到這塊地的，酒會自然少不了她啦。」

傅華不相信說：「你和關蓮結束了？真的了斷了？」

丁益說：「當然是真的啦，我不會騙你的。」

傅華追問說：「那你還去那個酒會幹什麼？你不會還在惦記著她吧？」

丁益苦笑說：「傅哥，這句話你說對了，我雖然跟她結束了，可是心中總有想見她的念頭，那晚的酒會我猜到她會去，才去參加的。你說我這個人是不是很糟啊，明知道她是那種人，我還是放不下她來。」

傅華嘆說：「感情的事不是非黑即白的，丁益啊，我知道你捨不得這個女人，可是你要想到你跟這個女人繼續發展下去，會是一種什麼結果。既然你跟她已經了斷，還是趕緊收拾心情，開始一段新的感情吧，有了新的感情填補，你就會徹底忘掉這個女人的。」

「希望是這個樣子吧。」丁益無奈地說道。

兩人又聊了一些海川的事情，這才掛了電話。

丁益掛電話之後，坐在辦公桌那裏發呆，傅華的話說起來輕巧，要他忘記一個曾經跟你有過那麼美好時光的女人是談何容易啊？這世界上又有幾個女人能給自己那麼美好的感受呢？

手機響了，把丁益從愣怔中驚醒。他拿起手機看了看，頓時有些緊張了起來，這個號碼居然是關蓮的。

丁益手有些發抖，他既渴望能夠再度跟關蓮聯繫，又清楚這麼做是不應該的。

猶豫了一下，丁益終究還是按下了接通鍵，關蓮的聲音幽幽的從電話裏傳了過來：「丁益啊，你是不是心裏很恨我？」

丁益苦笑了一下，說：「我沒對你做什麼事情吧？你怎麼說我會恨你呢？」

關蓮說：「那你為什麼在葉富的酒會上那麼來挖苦我，是呀，我是通過穆廣幫葉富拿到了地，可穆廣跟我的關係，我也早就跟你說的很明白了，你不需要還專門跑來讓我難堪吧？」

丁益辯解說：「我不是要專門跑去讓你難堪的，我是想去看看你，可是你一來就諷刺說我沒風度，我沒拆穿你跟穆廣之間的關係，是我的錯，可是那也是我害怕面對一說破就要跟你分開的事實啊。」

關蓮不說話了，穆廣確實是橫亙在兩人中間的一個巨大的障礙，丁益不拆穿，確實可能是丁益想逃避這一事實。

等了一會兒，丁益見關蓮不說話，就問道：「你最近還好嗎？」

關蓮笑笑說：「你還知道關心我嗎？我最近很好啊，穆廣對我好的不行，什麼事情都順著我的意，你滿意了吧？」

丁益苦笑說：「你不用這個樣子，我現在心裏也不好過。」

關蓮同樣也不好過，說：「算了吧，丁益，我們之間沒未來的，你還是忘了我吧。」

丁益痛苦地說：「這可不是說忘就能忘記的，我們畢竟有過一段很美好的時光，你讓我忘記，你忘記了嗎？」

關蓮強笑著說：「我忘記了。」

丁益說：「別騙我了，你如果忘記了，又怎麼會打電話給我？」

這時，關蓮再也難以克制自己的感情了，她說：「你真是我的冤家啊，穆廣最近對我很好，原本我已經試著說服自己要把你忘掉，偏偏你又跑到我面前瞎晃，讓我一切的努力都付諸流水了。」

丁益聽了關蓮的話，便說：「我也無法忘記你，一直很想你，你現在可不可以出來，我們見見面？」

關蓮克制著自己的欲望，說：「不行，我不能見你，我一見你，情緒就更難控制了，還是算了吧，丁益，就當我沒打這個電話過來。」

丁益著急地說：「可你明明打了！出來吧，我們找個地方喝喝咖啡就好，我只是想見見你，不做別的事情。」

關蓮心裏也很想見丁益，想想光喝咖啡也沒什麼，再說大白天的，穆廣也不會來找她，就說：「好吧，我出來就是了。」

兩人就約定在一家咖啡館見面。

到了咖啡館，兩人找了一個雅間，坐下來後，丁益立刻就緊緊握住了關蓮的手，深情地凝視著關蓮，四目相接，雙方眼神中都飽含著思念，此刻語言反是多餘的了。

關蓮心頭原本已經壓抑下去的欲念，再次被丁益挑了起來，她青春的身體隨之燥熱起來，這是穆廣不可能給她的感覺，她難以抑制的想要丁益，這種念頭是很危險的，便低下頭說：「丁益，你別看了，還是老老實實喝你的咖啡吧。」

丁益卻不肯聽關蓮的，他握緊著關蓮的手，說：「我真的很想你。」

關蓮再次抬起頭來看了看丁益，苦笑了一下，說：「你真是我的冤家啊，走吧，我們去你那裏吧。」

丁益連忙點了點頭，兩人就匆忙結了賬，很快回到丁益的家。一進門，兩人就擁抱在一起，熱吻著進了臥室，臥室裏頓時一片春色旖旎起來。

第六章

私人禁臠

男人的心理有時是很奇怪的，
自己的女人如果被別的男人染指了，就會覺得這個女人變髒了。
因為這個女人是自己私有的禁臠。
穆廣雖然不能確定關蓮和丁益已經有親密關係了，
可是那種懷疑始終縈繞在心頭，驅之不去。

戰鬥平息下來之後，丁益抱緊了關蓮，喘息著說：「關蓮，你總是讓我感覺那麼美好，幾乎有一種眩暈的感覺。」

關蓮親了丁益一下，說：「你也是啊，每一次跟你在一次，我總有一種活過來的感覺。」

丁益問：「那我比穆廣怎麼樣？」

關蓮臉色一下子沉了下去，說：「你不用這時候提起穆廣來殺風景吧？你嫌棄我的話早說，我可以馬上離開。」

丁益趕忙抱緊了關蓮，說：「我可捨不得你離開，我是想跟你說，如果你覺得穆廣沒什麼可留戀的，離開他吧。」

關蓮看了丁益一眼，說：「你讓我離開他，你要我啊？」

丁益點點頭，說：「我要。」

關蓮不相信的再次看了丁益一眼，說：「你可想清楚了，不要將來因為我和穆廣的關係你再來嫌棄我，如果是那樣，我寧願現在就走。」

丁益態度嚴肅地說：「我認真考慮過了，我的生活裏不能沒有你，只要你肯離開穆廣，我願意娶你。」

關蓮仍猶豫地說：「你真的肯接受我曾經跟過別的男人？」

丁益說：「你放心吧，我說話算話的。再說，你跟穆廣也是沒有未來的，這樣的日子你準備過到什麼時候啊？」

關蓮心知自己跟穆廣之間，絕非男女關係那麼簡單，某種程度上，他們也是合作夥伴，穆廣絕不可能就這麼隨隨便便讓自己離開。可是丁益的提議又讓關蓮十分心動，她多渴望能跟這樣一個又多金又英俊的男子共度餘生，因此也很想就此離開穆廣。

關蓮心中猶豫不決，說：「丁益，你給我幾天時間想想好不好，我考慮清楚再做這個決定。」

丁益點了點頭，說：「好的，我希望聽到你的好消息。」

兩人又在一起纏綿了很久，丁益這才將關蓮送回了咖啡館。

關蓮下車時，丁益伸手拉住了她的胳膊，說：「我希望你儘快給我答覆，我真的很渴望能跟你永遠在一起。」

關蓮探頭親了丁益一下，說：「我也想永遠跟你在一起，我會儘快給你答覆的。」

丁益又不捨地攬住了關蓮，親吻著她，兩人又熱吻了好一會兒，最後還是關蓮推開了丁益，說：「這是在外面呢，被人看到不好。」

丁益只好鬆開關蓮，關蓮就去開了自己的車，各自離開了。

就在兩人纏綿不已之際，丁益和關蓮沒注意到的是，離他們不遠的地方，另一輛車裏，有一雙眼睛正看著他們的這一切情形，直到關蓮和丁益離開後，那個人才從車裏下來。

下車的這個人望著丁益和關蓮離去的方向，自言自語道：「這兩個人怎麼會在一起？他們倆的樣子，明顯像是一對偷情的野鴛鴦，這件事情要不要跟穆廣說一下啊？」

原來車上下來的人，是雲龍公司的錢總。

他剛好來這家咖啡館吃午餐，沒想到剛停好車，就看到丁益開著車載著關蓮過來。

他是知道關蓮和穆廣的真實關係的，因此對關蓮會坐著丁益的車十分驚訝，更令他驚訝的是，關蓮下車後還跟丁益擁吻在一起，顯見兩人並非普通朋友那麼簡單。

如果不是穆廣通過關蓮運作很多臺面下的事，錢總才不會在乎關蓮和丁益是什麼關係呢。錢總很明白，像關蓮這種年輕女人，絕並不會死心塌地跟一個四十多歲的有婦之夫很久的，私下裏偷情也是很正常的。

可是事情牽涉到穆廣就不一樣了，錢總有很多事也是跟穆廣牽扯在一起，穆廣如果有什麼麻煩，他也是要跟著倒楣的。想來想去，錢總決定還是找機會提醒一下穆廣好了。

北京。

傅華接到了鄭堅的電話，鄭堅說：「小子，出來跟我一起吃飯吧，我介紹一個我們那個時代的傳奇人物給你認識。」

傅華笑說：「什麼人可以稱得上是傳奇人物啊？」

鄭堅賣關子說：「你來就是了，反正不會讓你失望的。」

傅華就去了鄭堅所說的飯店，進了雅座，就看到鄭堅和一個人正相談甚歡。那人看見有人進來，抬起了頭。

看到這個人的臉，傅華一下子愣住了，這世界也太小了吧，眼前這個人竟然是劉康！難道這就是鄭堅所說的傳奇人物嗎？

劉康看到傅華也是愣了一下，笑著說：「傅華，這可真是人生何處不相逢啊。」

鄭堅看了看兩人，說：「你們認識？」

傅華笑說：「太認識了，我跟劉董可是老朋友了。」

鄭堅高興地說：「你們認識就好，省得我介紹了。」

傅華問說：「叔叔，這就是你要介紹我認識的傳奇人物？」

鄭堅點點頭，說：「是啊，他在我們那個時代可是不得了的人物，當時人稱劉爺，我們兩個算是一個戰壕的戰友，一起跟人拼過命的。」

傅華愣了一下，說：「原來叔叔你也有過如此熱血的時候？」

鄭堅笑笑說：「我們那個時代有點血性的漢子，都有過一段年少不經的歲月的。怎麼，我不像嗎？」

傅華說：「也不是不像，只是我從來沒聽小莉說過你還有這麼一段歷史。」

鄭堅不好意思說：「那是一段很久遠的歷史了，也是一段我很荒唐的歲月，我從來沒在家人面前講過這段故事，要不是今天碰到了劉爺，我都忘記了那段過往。」

劉康聽了笑說：「確實是過去很久了，那時候我們都年輕，一句話跟人不和就要動刀子，現在想想，當時確實混賬的可以。」

鄭堅笑笑說：「不過，我覺得還是我們那個時代有趣，那時候的人也有血性，不像現在這個社會，一個個都不男不女的。」

劉康忍不住笑說：「老鄭啊，你別留戀過去了，我們那個時代已經過去了，現在是這些年輕人的天下了。」

鄭堅看了看傅華，說：「你覺得這幫小子行嗎？」

劉康說：「別人我不敢說，就傅華而言，我們倆也算鬥了一段時間，這小子算是不錯的，有所為有所不為。老鄭啊，你女兒選人的眼光不錯啊。」

傅華靦腆地說：「我是不是要謝謝劉董這麼稱讚我啊？」

劉康笑了，說：「傅華，剛剛老鄭跟我聊起你們的婚禮，邀請我去參加，你到時候不會把我趕出來吧？」

傅華看了看鄭堅，說：「叔叔，你真的邀請他了？」

鄭堅說：「是啊，這是我多年沒見的老朋友了，邀請他也很正常啊，小子，你不會不歡迎吧？」

傅華笑笑說：「怎麼會，我還沒那麼小氣。他是你的客人，我會尊重他的。」

劉康說：「那就行了。來，我們別閒扯了，喝酒才是正事。」

鄭堅給三人倒滿了二鍋頭，三人碰了杯，喝起酒來。

劉康和鄭堅久未見面，喝著酒，聊起了兩人的過往歲月，一旁的傅華幾乎插不上嘴，卻也聽得不勝唏噓。

酒宴結束時，劉康和鄭堅都有些醉意了，傅華不敢讓兩人開車，只好分別送他們回家。

到劉康家的時候，劉康下了車，跟鄭堅說：「老鄭啊，我今天喝得很高興，改天再找你喝。」

鄭堅也很興奮，說：「我也很高興，你不找我，我還要找你呢。」

傅華準備開車離開時，劉康似乎想起了什麼，轉身過來，說：「傅華啊，你先別走，我有件事情要跟你說。」

傅華問：「什麼事啊？」

劉康說：「我這次去海川，跟穆廣見過幾次面，我感覺這傢伙似乎恨你入骨，還想拉攏我對付你，你可要小心些。」

傅華不以為意說：「穆廣對我有意見我知道，不過還是謝謝你提醒我。」

劉康說：「你可別大意，我覺得事情不是那麼簡單，那傢伙我一看就不是個善類，不好對付的，你還是小心為上。」

傅華笑了起來，說：「劉董您也不是善類啊，我也沒怎麼樣啊！」

劉康哈哈大笑了起來，說：「是啊，我也不是什麼善類，我們也沒分出什麼勝負，你不怕他就對了。」

傅華灑脫地說：「是啊，小心是解決不了問題的。」

劉康說：「你這樣子我就放心了，我上去了。」

鄭堅和傅華再次跟劉康揮手告別。

傅華便開車送鄭堅回家。鄭堅在車上說：「小子，想不到劉爺還挺賞識你的。你跟他究竟是怎麼認識的啊？」

傅華笑笑說：「我跟他的故事說起來就長了。」

傅華就把自己跟劉康之間的恩怨重點講給了鄭堅聽，鄭堅聽完，說：「想不到你小子還挺風流的，竟然還有吳雯這樣一個女人存在，這些小莉都知道嗎？」

傅華說：「叔叔，你注意重點好不好？吳雯只是一個朋友而已，我沒做對不起小莉的事情。」

鄭堅哼了聲說：「反正男人就沒有老實的。」

傅華不禁笑說：「難道叔叔不是男人？」

鄭堅也笑了，說：「我是男人，不過，就是因為我是男人，才知道男人是不老實的，我必須看緊你，不讓你做對不起小莉的事情。」

傅華笑笑說：「好啦，我跟你可不是一路的人，我不會做對不起小莉的事的。誒，我問你啊，我一直摸不清這個劉康對我的態度究竟是真是假，表面上看，他現在跟我不再是敵對的了，可這是真的嗎？」

鄭堅說：「你會有這種疑問，是對我們這些人不太瞭解，那個年代江湖上爺字輩的人，都是義薄雲天的好漢，他們混跡江湖，為的就是一個義字。他們愛恨分明，有情有意，這樣的人，認定誰是朋友，就會一心一意對他好；認定誰是敵人，也會不擇手段對付對方的。我看劉爺對你倒是真心的，他可能對過去的某些事情感到後悔了，之所以他還說跟你是敵對的，是他還顧及面子，不肯在你面前認錯罷了。」

傅華說：「聽叔叔這麼說，我就放心了。」

鄭堅說：「你儘管放心，我跟你保證，他不會再來害你的。」

海川。

穆廣帶人到雲龍山莊吃飯，吃完飯散場的時候，錢總從辦公室裏出來，攔住了準備要走的穆廣，說有事情要跟他談一下。穆廣就跟著錢總去了辦公室。

坐定後，穆廣問：「老錢啊，是不是你的高爾夫球場又出了什麼問題了？」

錢總笑笑說：「我要跟您說的不是球場的事，是另外一件事情。只是我說了，你可別動怒啊。」

穆廣看了看錢總，納悶地說：「老錢，什麼叫我別動怒啊？是不是你又惹出什麼事情來了？誒，說到這裏，我還沒問你，前段時間你拉金達的老婆去你的球場，你跟金達老婆的關係處理得怎麼樣了？是不是被人家看穿了啊？」

錢總搖搖頭：「我做事情都是很小心的，怎麼被她看穿呢。我跟您說，那件事情進展得很順利，金達老婆一直拿我當做一個好朋友看，對我很信任，之前還打電話來感謝我，給她找了一個很好的保姆呢。哈哈，我給她安排的保姆當然很不錯了，那可是受過專門訓練的保姆啊。」

穆廣聽了，說：「我知道你這傢伙是很滑頭的，估計金達老婆到現在還被蒙在鼓裏呢。既然這方面沒問題，你還有什麼事情能惹到我生氣的呢？」

錢總遲疑了一下，說：「事情不是我自己的，是我看見了一些不該看見的事情，所以想提醒你一下。你身邊的那個關蓮，最近跟你相處的還好嗎？」

穆廣愣了一下，說：「你說關蓮？最近跟我處得挺好的啊。我前陣子還陪她回了一趟家，我扮成她的男朋友給她父母看，回來之後，她對我挺感激的，所以最近對我挺好的。」

錢總忍不住說：「恐怕你看到的只是表象吧，我看到的情形可不是這個樣子的。」

穆廣臉沉了下來，說：「你看到了什麼？」

錢總說：「我看到關蓮跟丁益在一起，兩人卿卿我我的，像一對情人。」

穆廣懷疑的看著錢總，說：「真的假的，你不會看錯了吧？」

錢總信誓旦旦地說：「當然是真的了，我當時就在離他們不遠的車子裏，看到兩人熱吻著好半天，絕對不會看錯的。」

穆廣臉一下子漲紅了，惱火地說：「什麼，這個臭女人竟然敢背著我偷男人？我早就覺得她跟那個丁益有問題了。」

錢總趕忙勸說：「你先別急著發火，冷靜下來想一想這件事情要怎麼處理，你跟關蓮之間的糾葛可不是那麼簡單的，一定要慎重處理才是。」

穆廣氣憤說：「我冷靜什麼，媽的，我什麼都給了那個臭女人了，她還不滿足，還背著我跟小白臉拉拉扯扯，她對得起我嗎？不行，我要去問她為什麼要這麼對我？」

穆廣說著，就站起來要往外走，錢總趕忙一把拉住了他，說：

「穆副市長，你冷靜一下好不好，你這個樣子衝過去，她要是一口否認有這件事怎麼辦？難不成你還能逼她跟丁益當面對質嗎？我跟你說這件事，是提醒你要注意一下關蓮，別讓她耍了你還不知道，可不是要你去馬上跟她決裂，把事情搞糟的。」

穆廣剛才也是一時氣憤，錢總這麼一說，讓他冷靜了下來。

是啊，自己就這麼衝去質問她又能怎麼樣？現在很多事都掌握在關蓮手中，自己貿然去逼問她和丁益的事，惹惱了關蓮，她跟他翻臉的話，他還真是沒招。

穆廣坐了下來，嘆了口氣說：「媽的，這女人真是養不熟的白眼狼，我對她那麼好，她還這麼對我。」

錢總看穆廣冷靜了下來，暗自鬆了口氣，勸說：「那種女人本來就是水性楊花的，丁益那種既有錢又帥的公子哥，自然很吸引她。」

穆廣心中一團亂，正是所謂關己則亂，便煩躁的說：「你別說這些了，先說現在我要怎麼辦吧？」

錢總說：「關鍵是要妥善處理，既要把這個女人趕走，又不能因為惹惱了她而對你有什麼不利。穆副市長，我認為你還是給這個女人一筆錢，了斷這個關係算了。」

穆廣苦笑說：「問題是，現在錢都在這個女人手裏，現在不是我給她一筆錢的問題，而是我如何拿回我的錢的問題了。」

穆廣原本一直期望自己和關蓮將來能夠在一起，因此進了關鍵公司的錢，大部分還是留在關鍵公司，他很少動用。再說，他感覺錢放在關蓮那裏對他是最安全的，即使查到了關蓮，他也可以否認自己跟這些錢的關係。只是他沒想到，最後出問題竟然是關蓮本人，打碎了他一切的如意算盤。

錢總說：「既然這樣，你還是想辦法先把錢調出來再說吧，把錢調出來後，別的什麼都好說，起碼關蓮不能拿錢來威脅你。」

穆廣點點頭，他也認為該先把錢從關蓮手裏拿出來，這是他費盡心機才搞到手的，可不能便宜了關蓮這個臭女人。而且錢拿出來之後，這個臭女人也就沒什麼讓他留戀的了，要玩女人，滿世界都是，想玩什麼樣的都有，這世界上比關蓮好的女人有的是。

穆廣說：「我知道該怎麼做了。我這就去跟她說，讓她把錢調出來。」

錢總看看穆廣，他從穆廣臉上還可以看得出怒意來，便說：「你今晚就別去了，你先回家平靜一下，明天再去找她吧。」

穆廣煩躁地說：「不用，我現在一刻都不想耽擱，只想趕緊從這個臭女人手中把我的錢拿出來。」

錢總勸阻說：「不行啊，你這樣會壞事的。你現在是要從她那裏把錢哄出來，可不是要去跟她鬧事的。」

穆廣沒好氣的說：「好啦，我今晚不去就是了。」

穆廣就離開雲龍山莊，回到自己的家。

他一心還在牽掛著關蓮手中的錢，害怕耽擱這一夜的時間，關蓮就會拿著錢跑了，因此一晚上在床上翻來覆去的睡不著，好不容易熬到天亮。

天亮了，穆廣還不能馬上就去找關蓮，只好先勉強收拾好心情，去市政府上班。好不容易熬過一天，夜色剛濃，穆廣就迫不及待的跑去關蓮的住處。

關蓮正在吃飯，看穆廣這麼早來，很是驚訝，她跟穆廣交往這麼久，穆廣還是第一次這麼早來。以往，就是有再緊急的事情，穆廣為了掩人耳目，也都是在深夜才過來的。

關蓮看看穆廣，問道：「哥哥，今天是不是發生什麼事情了？你怎麼這麼早就過來了？」

穆廣仔細的看了看關蓮，這個女人看上去一切還是老樣子啊，是不是錢總看錯人了？如果是錢總看錯人，自己再跟關蓮鬧這麼一齣，可就不太好了。

不過，不管錢總看沒看錯人，錢還是放在自己手裏比較好，這世界上除了自己，別的人誰都不可信的。

穆廣平靜了一下心緒，說：「沒發生什麼特別的事，是我有點急事想要用錢，你公司賬上現在有多少錢？」

關蓮沒有在意穆廣為什麼這麼問，笑笑說：「具體數字我也不知道，幾百萬總是有的，哥哥，你想要用多少？」

穆廣自然是想把全部的錢都拿出來是最好的，如果關蓮真的是跟丁益有一腿，那一分錢留給她，穆廣心裏都不甘願。

穆廣說：「你把錢全部調出來給我吧。」

關蓮愣住了，她這時才感覺事情有些不對勁，穆廣這個時間過來已經是個不尋常的行為了，一下子又要把公司的錢全部抽走，就更不尋常啦。

關蓮跟穆廣在一起有一段時間了，對穆廣的行事風格基本上是很瞭解的，她知道穆廣在公開場合是很善於偽裝的，一下子要動用這麼大筆錢根本就是不可能的，因為巨額的消費顯然與他正常的收入不相符，穆廣這麼謹慎的一個人，不會傻到這麼做的。

那穆廣突然要這一大筆錢去，原因就很耐人尋味了。

另一方面，自從丁益讓她離開穆廣之後，這幾天她一直在考慮，是不是真的要離開穆廣。

內心中，她是想要離開的，她知道自己跟穆廣這樣下去，遲早是不行的，現在滿世界都是漂亮女人，對穆廣這種權力在握的男人來說，隨時都可以把自己丟掉。女人的好時光就那麼短短幾年，如果等人老珠黃，穆廣嫌棄她了怎麼辦？再說，丁益還是單身，她可以光明正大的跟丁益在一起，不用再過見不得人的日子。

只是關蓮一直開不了口跟穆廣說這件事，主要就是關鍵公司賬上的幾百萬人民幣，她是窮人家的孩子，知道錢的重要，在她心中，早就打算緊緊抓牢這筆錢，這樣，如果她跟了丁益，將來就算丁益不要她了，她也可以靠這筆錢過得很好。

關蓮問穆廣：「哥哥，怎麼一下子要用這麼大一筆錢呢？」

穆廣心中早就想好理由了，便笑了笑說：「是這樣子，有個朋友要做一個利潤豐厚的生意，邀我入股，我就想，錢放在你那也只是銀行裏一點微薄的利息，還不如放給朋友去用，錢生錢。」

關蓮並不相信穆廣的說法，她故意問：「哥，是哪個朋友啊？做什麼生意的？可靠嗎？」

說辭是早就編好的，穆廣便說：「這個朋友你沒見過的，是我以前的一個老朋友，很可靠的，他說發現了一個金礦，要我投資，我相信這是一本萬利的生意。」

關蓮看了看穆廣，雖然穆廣神色如常，可是關蓮心中的疑竇卻更深了，如果僅僅是投資朋友開礦，這並不是一件很緊急的事情，穆廣一改常態這麼早就匆忙趕來，十分可疑。

此外，雖然穆廣表現的跟往常沒太大的區別，可是女人敏銳的第六感告訴關蓮，穆廣對她有些生分了，他並沒有像往常那樣，一進門就對她摟摟抱抱，往常穆廣過來都很急色，一進門就會對自己上下其手。

男人開始不主動跟女人親熱了，這本身就是很反常的行為。如果穆廣不是有什麼心事，就是對自己產生了厭惡，是不是他發現自己跟丁益私下的往來了？

可是穆廣的表現又不太像，沒有一個男人發現自己的女人跟別的男人在一起還能這麼冷靜克制的，除非這個男人心機太重，想假裝不知道，好算計偷情的女人。

對啊，穆廣不就是一個心機很重的男人嗎？他在外面裝清廉，海川的政壇都說他是個清官好官，可實際上呢，受賄、玩女人，舉凡一個貪官做的事情，他哪一樣沒做啊？

關蓮越發決定不能把錢給穆廣了。

不過，關蓮不想一口就回絕穆廣，她現在還弄不清楚穆廣真實的意圖，便笑了笑說：「我知道了，回頭我會安排的，哥，你吃飯了沒？沒吃的話，我們一起吃吧。」

穆廣急著把錢早一點轉出去，就說：「我吃過了，你什麼時候可以安排把錢給我啊？」

穆廣這麼急，關蓮心中越發覺得可疑，她笑笑說：「不用這麼急吧？就算我現在想把錢轉給你也不行啊，銀行和會計都下班了，沒人可以辦這件事。我答應你，明天一上班我就把錢轉給你，你看這樣子行嗎？」

穆廣想想，關蓮說得也不無道理，便說：「不是我急，是我朋友催得急，他急著投資下去賺錢呢。」

關蓮安撫著說：「行啦，我會安排的。你真的不再吃一點了？」

穆廣搖搖頭說：「我真的不吃了，你吃你的吧。」

關蓮就坐回餐桌繼續吃飯，穆廣坐在沙發上開了電視，有一搭沒一搭的看著電視。

關蓮答應把錢轉給他，讓他心裏暗自鬆了一口氣，不管怎麼樣，錢總算保住了。本來他想找藉口離開這裏，不再跟關蓮待在一起，可是他又擔心自己匆忙來去的行為讓關蓮看出異常，只好忍住心裏的厭惡，留在這裏過夜。

男人的心理有時是很奇怪的，自己的女人如果被別的男人染指了，心中就會覺得這個女人變得髒了。因為這個女人是自己私有的禁臠，是不能讓別的男人碰的。

穆廣雖然不能確定關蓮和丁益已經有親密關係了，可是那種懷疑始終縈繞在心頭，驅之不去，因此心中對關蓮就產生了厭惡感。

關蓮吃完飯，過來坐到穆廣的身邊，說：「哥哥，你從來沒陪我一起看過電視呢，你每次來都那麼晚。」說著，故意親熱的靠在穆廣身上。

穆廣一想到這個女人也靠過別的男人的身體，心中一陣厭惡，想要推開卻不敢，如果推開她，關蓮一定會有所懷疑的。他只有強忍厭惡，讓關蓮靠在他的身上。

關蓮實際上也是有心試探穆廣的，穆廣雖然沒推開她，她卻敏銳的感覺到穆廣的身體是僵硬的，也沒有像慣常那樣來撩撥自己，她就更明確事情是不對了，穆廣一定是對她有懷疑了，之所以還沒有發作，可能就是因為這些錢還在公司的賬上，他不敢得罪自己，否則的話，這筆錢他就無法拿回去了。他只有哄著自己，先把錢拿回去，才能對自己採取進一步的行動。

關蓮心中暗罵穆廣做事真夠絕的了，自己好歹也陪了他這麼長時間，為了討他歡心，一個如花似玉的身子被他玩了個夠，現在他竟然想把錢全部轉走，一分錢都不給自己留，那自己算是什麼？連玩個妓女，也還需要付票錢的不是?!

關蓮感到十分生氣，就想捉弄一下穆廣，見穆廣身子僵硬，越發想挑逗他，看他要如何應付自己。關蓮就越發偎緊在穆廣懷裏，手也不老實的在穆廣的敏感部位動作著，撩撥著穆廣。

以往關蓮這麼做，穆廣一定會很興奮的迎合著，可此刻卻大大不同，不管關蓮做什麼，穆廣都會想到關蓮和丁益在一起的時候是不是也是這樣做，一想到這個，穆廣心中就充斥著氣惱和厭惡，這個臭女人真是不知廉恥，跟了別的男人，還能若無其事對自己這樣，真是一個會裝蒜的爛貨。

看穆廣不但沒反應，還在躲閃著，關蓮心裏徹底涼到谷底了，她明白一切懷疑都是對的，這個王八蛋真是跑來算計自己的。

關蓮知道，是離開穆廣的時候了。而且公司賬上的錢她一定要掌控住，不能給穆廣。現在問題的關鍵是，自己如何從穆廣這裏脫身。

之前關蓮也曾經想過，自己從穆廣這裏拿一筆錢，算是陪他這麼久的報酬，然後跟穆廣和平分手。現在看來，這個打算是不可能實現的了，穆廣顯然是想搜刮乾淨之後，再把她趕走。

想得倒美！關蓮暗自冷笑了一聲，我可不是讓你隨便擺佈的，所有的事情都是我經手的，你如果夠聰明的話，就老老實實放我走；如若不然，別說錢你拿不到，我還可以舉報你那些受賄行為，讓你這個常務副市長也沒得做。

想到這裏，關蓮有了底氣，她知道自己充分掌握了主動權，除非穆廣是不想要目前的地位和名譽了，否則根本無法跟自己鬥的。

心中有了打算，關蓮就更想逗一逗穆廣了，她嬌笑著說：「哥哥，你從來沒這麼早來過，今晚我可要好好陪陪你。我已經感覺到渾身發癢了，哥哥，我現在就想要你了。」說著，就開始幫穆廣寬衣解帶。

穆廣心中越發厭惡，只好躲閃著說：「寶貝，我今晚有點累了，改天吧。」

關蓮心說：改天？今天是我想玩你，你就要老老實實給我玩！她沒有停下來的意思，反而動作更加激烈了起來。

穆廣終究是個男人，被女人這麼激烈的撩撥，心說，也罷，老子就陪你玩最後一次，也算給你留個想頭。

穆廣想翻身將關蓮壓在身下，沒想到關蓮沒給他這個機會，反而先把他壓在了下面，開始劇烈的動作了起來。

兩人各懷鬼胎著。特別是關蓮，她感覺到從來沒有過的主動，是她控制著節奏，是她在掌控著局面，這種主宰者的感覺實在是太美妙，竟然讓她獲得了以前在穆廣身上從來沒有得到的快感。

穆廣也感受到從未有過的快樂，這一刻，他甚至懷疑自己是不是錯怪了關蓮？關蓮對他這麼熱情，又怎麼會背著他跟丁益偷情呢？關蓮這種表現，只有那種死心塌地的女人才能做得出來的。

不過，他還是覺得把錢轉到自己手裏比較安全，他可不想再承擔錢可能被別人拿走的風險。

酣戰結束，穆廣輕撫著癱軟的關蓮，剛想說些情話，關蓮卻轉身睡了過去，她猶豫了幾天的事情最終有了決定，心事盡去，又竭盡全力跟穆廣激戰了一場，身心俱疲，所以不一會兒就鼾聲大作了。

穆廣看著熟睡的關蓮，心想，這個女人到底對自己是怎麼樣呢？明天她會老實的把錢轉給自己嗎？他滿腦子充斥著一堆問號，很久才終於睡著。

穆廣感覺到有人在踢他，一下子坐了起來，叫道：「誰踢我？」

關蓮瞅了他一眼，說：「你看看幾點了，睡得這麼死，我踢你你都不醒。」

穆廣趕忙看了一下時間，已經是凌晨五點半了，趕忙坐起來穿衣服，一邊嘟囔說：「我昨晚很晚才睡著。」

關蓮催說：「你穿好衣服趕緊走吧，別讓人看見。」

穆廣穿好了衣服就往外走，走了幾步之後又回過頭來，叮囑關蓮說：「寶貝，你今天可別忘了把錢轉給我，知道嗎？」

關蓮說：「行了，你趕緊走吧，我不會忘記的。」

穆廣就匆忙走離開了關蓮的住處。匆忙之間，他沒注意到關蓮在他轉過身去之後，臉上的笑容已經變成冷冷的了。

關蓮起床收拾了一下，就趕去公司。

進公司後，她吩咐會計把賬上的錢全部轉進她私人的卡上。既然穆廣已經起疑心要算計她，她還是把錢放在自己卡裏面比較好，這樣她隨時可以拿著卡走路。

會計按照關蓮的吩咐去辦了，臨近中午時，關蓮查看了一下自己卡上的錢數，確信錢全部進了自己的帳戶，這才放下心來。

錢沒問題了，關蓮就撥電話給丁益，要丁益出來陪她吃飯，她要告訴丁益她最終的決定。

丁益答應了，兩人就找了一家鄰近的飯店。

丁益一見關蓮，就問道：「你決定離開穆廣了嗎？」這幾天，丁益的日子很不好過，他很擔心關蓮終究沒辦法離開穆廣。

關蓮笑著點了點頭，說：「我決定了，今後再也不跟穆廣有什麼往來了。不過我跟了你，你將來可別負了我。」

丁益得償所願，高興地說：「不會的，絕對不會的。」

關蓮撒嬌說：「我要你發誓。」

丁益立刻舉起手說：「我發誓，如果我將來負了關蓮，我不得好死。」

關蓮趕忙去捂住了丁益的嘴，說：「不用發這麼狠的誓了。」

丁益把關蓮摟進了懷裏，兩人也沒心思點菜了，開始熱吻了起來，直到服務員進來讓他們點菜，這才依依不捨地分開。

吃完飯，兩人正是濃情蜜意時，都不捨得分開，丁益就打電話回去交代了一些公司的事務，帶著關蓮回到自己家，整個下午都快樂的消磨在兩人世界裏，直到很晚，才相擁著精疲力盡的睡了過去。

第七章

攤牌

穆廣說：「主要是那個朋友催得太急了，我想早點把錢轉給他。你說出了點麻煩，什麼麻煩啊？」

關蓮已經準備要跟穆廣攤牌，就不想再掩飾下去了，她笑了笑說：「哥，這筆錢究竟是你朋友想要用呢，還是你自己想要？」

關蓮在這邊春色旖旎，快樂到了極點，那邊可是急壞了穆廣。

穆廣從上午就開始查自己的帳戶，查來查去都還是那幾個數字，關蓮說要轉進來的錢根本就沒蹤影，他越來越慌，最後忍不住打電話給關蓮，想要問關蓮錢究竟轉了沒轉。結果一打之後，關蓮竟然關機了。

原來關蓮知道穆廣肯定會找她，擔心穆廣的電話攪了她和丁益的好事，索性關機了事。

這下子穆廣更慌了，連忙又打電話給公司，公司的人說關經理中午出去吃飯之後，就再也沒回來，現在也不知道關蓮去了哪裡。

穆廣立時傻眼了，關蓮該不會帶著錢跑了吧？這可是好幾百萬呢，是自己費盡心機才弄到的財富，如果被關蓮全部帶走了，他豈不是竹籃子打水一場空？

穆廣很想問清楚關蓮有沒有把賬上的錢全部轉走，可是他為了掩飾自己的身分，一直跟公司沒有直接的聯繫，都是由關蓮來掌控這間公司，現在關蓮不在，就算他報出副市長的身分，恐怕公司的人也不會告訴他錢轉走沒有，更何況他還不能亮明身分。

穆廣掛了電話，坐在那裏把關蓮的祖宗八代都問候了一遍，此刻如果關蓮就在面前，他都可能把關蓮狠揍一頓。但是此刻穆廣找不到關蓮，就算他心中再有氣，也只能壓在心裏，他決定晚上找到關蓮之後，再去教訓這個臭女人。

好不容易熬到了天黑，穆廣再次早早就去了關蓮家，這回他再度失望了，關蓮家冷冷清清，關蓮竟然不在家。

難道這個臭女人真的跑了嗎？

穆廣心裏著慌了，他開始不停的撥打關蓮的手機，當一遍一遍的聲音告訴他「你所撥的電話暫時無法接通」時，穆廣氣得將手機狠狠地摔了，罵道：「臭婊子，你竟敢這麼耍我。」

手機摔了之後，穆廣現在連電話也沒辦法打了，他頹然的坐到了地上。

過了一會兒，穆廣多少冷靜了一些，起身查看著屋內的物品，發現屋內的擺設，包括關蓮的首飾都還在原來的位置，不像離開的樣子，他稍稍鬆了口氣，關蓮應該還沒走，只要她還沒走，就還有辦法可想。

穆廣想打電話找錢總，要錢總幫他把關蓮找出來，可是一摸手機，這才意識到自己把手機給摔壞了，穆廣罵了一聲混蛋，就用關蓮家的座機打電話給錢總。

錢總接通了之後，問道：「哪位？」

穆廣沒好氣的說：「什麼哪位，我穆廣。」

錢總笑了笑說：「是穆副市長啊，你換了號碼，我不知道是你啊。」

穆廣罵說：「媽的，我手機摔壞了，你買個手機給我送過來。」

錢總說：「小意思，我馬上就安排人去買，給你送到哪裡啊？」

穆廣說：「你也別安排別人了，你買了自己送過來，我在關蓮家。」

錢總答應了下來，過了一個多小時，關蓮家的門鈴響了起來，穆廣從貓眼裏看到錢總站在門外，就開了門，放錢總進來。

錢總把手機遞給穆廣，問道：「發生什麼事情了，關蓮呢？」

穆廣沒好氣的說：「我也不知道，這個臭女人中午吃飯的時候離開公司，就再沒有了蹤影。」

錢總愣了一下，看了看穆廣說：「是不是跑了？」

穆廣說：「倒不像，我看她的東西都沒動，不像跑路的樣子。」

錢總又問：「往常她也會玩到這麼晚還不回來嗎？」

穆廣搖搖頭，說：「過去我在的時候，她通常都會在家的。」

錢總奇怪地說：「那這是怎麼啦？」

穆廣說：「我昨晚讓她把公司的錢都轉出來給我，我懷疑她是不是對我起疑心了。」

錢總叫道：「哎呀，你怎麼能讓她把錢一下子全部轉給你呢？你太操之過急了，你沒想一想，她跟你不就是為了錢嗎？你一下子把錢都拿走，她還怎麼能相信你啊？」

穆廣說：「我當時沒想那麼多，再說，我只是告訴她要把錢拿去投資，又不是說不還給她了。而且當時她一口答應我，把錢都轉給我的。」

錢總搖搖頭說：「這種女人的話你也相信啊，換到你是她，你會把錢都交出來嗎？」

穆廣此刻明白是自己打草驚蛇才讓關蓮不見蹤影的，就煩躁的說：「好了，別說這些了，你有沒有什麼可用的人？」

錢總說：「人倒是有。你想幹什麼？」

穆廣說：「幹什麼，找人啊，你讓你的人馬上幫我把關蓮給找出來，不管怎麼樣，我要找到她，活要見人，死要見屍。我不能讓這個臭女人就這麼拿著我的錢逍遙快活。」

「找到了你打算怎麼辦？」錢總問。

穆廣說：「找到了就給我帶回來，我倒要問一問這個臭女人，究竟想幹什麼。」

錢總說：「那我給你找找看吧。」

錢總就打電話安排自己的手下去找關蓮，他懷疑關蓮是跟丁益在一起，就讓手下人特別關注丁益住的地方，看看有沒有關蓮在那裏的蛛絲馬跡。

關蓮自然是在丁益家，她睡了一個很舒服的覺，醒過來看了看時間，時間已經是晚上了，就推了推一旁的丁益，說：「很晚了，我要回去了。」

丁益從後面抱住了關蓮，不捨的說：「這麼晚還回去幹什麼，就留下來吧。」

關蓮想想，自己既然已經決定要離開穆廣，也就沒必要再去看穆廣的臉色了，加上她跟丁益實在也是難分難捨，就笑笑說：「那好，我就留下來吧。」兩人就相擁著又睡了過去。

錢總的手下很快就從丁益的住處找到了關蓮的車子，回報到錢總這裏，錢總對穆廣說：「關蓮果然在丁益那兒，你想怎麼辦？」

穆廣一聽就火了，罵道：「這對狗男女，還真是一刻都等不及啊，怎麼辦?!給我闖進去把關蓮抓回來。」

錢總為難的說：「穆副市長，還是不要吧？丁益住的那個社區，保安設施很嚴，要闖進去很難，再說，就算最後能闖進去，整件事也會鬧得滿城風雨的，那樣恐怕對你會很不利的。」

穆廣想想也是，這件事真要鬧大了，恐怕倒楣的第一個人反而是他自己。他嘆了口氣說：「還真被這個臭女人拿住了。」

兩人都知道情形對他們是很不利的，丁益家族在海川的影響力很大，丁氏父子在海川經營多年，政商兩界都有他們的人脈，如果丁益要為關蓮出頭，穆廣是得不到什麼便宜的，反而事情鬧大之後，他一個副市長為了一個女人爭風吃醋的八卦，就會在海川政壇不脛而走，那他辛苦偽裝自己的清廉形象就會徹底破功。

錢總也不希望把這件事情鬧大，萬一穆廣被雙規，那自己跟穆廣之間的一些見不得人的事肯定也會跟著曝光，他也得跟著穆廣倒楣。

錢總勸穆廣說：「穆副市長，你先不要去生那些無謂的氣，我覺得你還是冷靜下來，想想這件事情要怎麼樣善後吧。」

穆廣苦笑著說：「我這時候心裏慌得很，一點主意都沒有了，你說要怎麼辦吧。」

錢總說：「這個女人，我勸你還是放手吧，不要再去惹她了，事情鬧大了，對誰都不好。」

穆廣心疼地說：「這可是很大一筆錢啊，就這麼便宜了這個女人？」

錢總說：「不便宜她又能怎麼樣？把柄都在她手裏，你有辦法治她嗎？好了，你也睡了人家這麼長時間，就當給她一筆遣散費好了。」

穆廣氣憤地說：「這也太貴了吧，就算她是金子做的，也不值那麼多錢啊。媽的，老錢，你有沒有辦法幫我做了她？」

錢總看穆廣眼露凶光，心中不禁一凜，趕忙搖搖頭說：

「不行，我雖然做事有些不擇手段，可殺人害命的事情我是絕不做的，這是做生意的人最基本的一條準則，商業手法盡可以卑鄙，但是絕不能惹上人命，惹上了人命，就算讓你過了這一關，總會有別的報應找上門來的。」

穆廣會衝口而出說做了關蓮，也是一時的衝動，聽錢總這麼說之後，他也知道這其中的利害關係非同小可，便嘆了口氣，說：「老錢啊，看來只好便宜這個臭女人了。」

錢總開導說：「別心疼了，錢都是人賺的，關蓮那些錢你就當破財消災了，損失就損失了吧。行了，你也別待在這裏了，回家吧。」

錢總之所以讓穆廣回家，是看穆廣現在的情緒很差，擔心如果關蓮回來，穆廣克制不住自己，會對關蓮做出什麼無法挽回的舉動。這不是不可能，穆廣都已經開口要求他做了關蓮，還有什麼事情做不出來的。

穆廣卻不想離開，說：「我再坐一會吧，如果關蓮回來了，我跟她好好談談，也許她會回心轉意的。」

錢總知道，女人只要一變心，根本就是無法挽回的，就說：「好啦，談什麼談，現在這個狀況，她還能聽你的勸嗎？只會鬧得更不愉快。走吧，回家去好好休息一下，把這件事情忘記吧。」

錢總就半拖半拉把穆廣拉出了關蓮的房子，拽上了自己的車，把穆廣送回家。一路上，穆廣都在罵關蓮忘恩負義，他還是無法對這件事情釋懷。

穆廣下車時，還深深地搖了搖頭，說：「老錢啊，這女人真是信不得啊，我對關蓮這個女人可是一片真心的，結果還是被她耍成這樣，我們今後對女人真是要小心啊。」

第二天，關蓮在丁益家睡到上午十點多才醒過來，兩人做了簡單的午餐吃了，關蓮說要回去跟穆廣交代一下，然後就搬過來跟丁益一起住。

丁益說：「算了吧，你別去見穆廣了，打個電話跟他說一聲就算了。難道他還會纏著你不放嗎？」

關蓮說：「有些事情我還是當面跟他說一聲比較好，好聚好散嘛。再是我怕事情交代不清楚，以後他會找你們家的麻煩。」

丁益說：「我們家不怕穆廣的，這一點你不用替我們擔心。我是怕你回去，穆廣會對你不利。」

關蓮笑說：「你太小看我了，穆廣不敢對我怎麼樣的。好了，我很快就會跟你在一起的，也不差這一兩天的時間，是吧？」

丁益不好再說什麼，放關蓮離開了他家。

關蓮出了丁益家，開了手機，頓時一連串的未接電話就冒了出來，看看都是穆廣，關蓮冷笑了笑，估計昨晚自己一夜未歸，穆廣一定急壞了。

她一邊發動車子，一邊撥了穆廣的號碼。

她確實是有話要跟穆廣交代的，她今後要光明正大的跟丁益在海川生活，那她就必須保證她和丁益未來的生活不會受到穆廣的干擾，否則的話，就算丁益肯接受她，恐怕也不能接受她的舊情人老是來騷擾他們的生活的。

因此她必須跟穆廣把話給談開了，她要穆廣接受既成的事實，否則的話，她會豁出去把穆廣的醜事都曝光，大家誰都不要好過。

穆廣看到是關蓮的號碼，愣了一下，他沒想到這時候關蓮還會打電話過來，這個臭女人一定是以為他還不知道她跟丁益的姦情吧？

穆廣平靜了一下心情，他心中對關蓮還存著一絲幻想，也許這個臭女人只是想跟丁益在一起，沒有想把他的錢都偷走呢？也許他還能哄著這個女人把錢交出來！

錢對穆廣來說是最重要的，如果能把錢拿回來，這個臭女人喜歡小白臉，就讓她跟小白臉走吧，這時候穆廣已經對關蓮沒什麼留戀的了。

穆廣接通了電話，笑著說：「寶貝，你昨晚上哪裡去了？我在你家裏等了一夜，你沒回來，手機也沒開，急死我了。」

關蓮不想在電話裏跟穆廣講她和丁益的事情，便說：「我昨晚跟一個朋友聚會，喝多了，就睡在他那裏了。」

穆廣在心中暗罵：這個臭女人到現在還在跟自己裝，不過還是先把錢哄出來再說吧，就笑了笑說：「哦，是這樣啊，那我就放心了。對了，寶貝，你昨天怎麼沒把錢轉給我啊？那個朋友一直催我趕緊把錢轉過去呢。」

關蓮心中暗自冷笑，你還在做你的美夢呢，錢都轉給你，我豈不是一無所有了?!

關蓮笑了笑說：「這件事情我忘記跟你說了，出了點小麻煩，所以沒能轉過去。」

「什麼麻煩啊？」穆廣問道。

關蓮說：「晚上你過來，我再跟你講吧。」

穆廣心知關蓮是不想把錢轉給他了，他也想跟關蓮好好談談，既然關蓮有了外心，乾脆商量一下，是不是把公司的錢平分一下，至少還能保留一部分錢。

穆廣便說：「好的，晚上見面再談吧。」

晚上，穆廣再一次早早就來到關蓮家。

關蓮知道他是急著要把錢拿走，故意說：「你這麼早來，就不怕被人看到了嗎？」

穆廣說：「主要是那個朋友催得太急了，我想早點把錢轉給他。你說出了點麻煩，什麼麻煩啊？」

關蓮已經準備要跟穆廣攤牌，就不想再掩飾下去了，她笑了笑說：「哥哥，這筆錢究竟是你朋友想要用呢，還是你自己想要？」

穆廣笑笑說：「當然是我的朋友想要用了，我不是跟你說了嗎，他想要我投資。」

關蓮說：「那我覺得這筆錢不能給你，你想啊，你一個副市長，一年多少收入是固定的，一下子拿出幾百萬來，傳出去怎麼得了？這錢給了你，豈不是害了你嗎？」

穆廣呆了一下，他沒想到關蓮竟然以這種藉口拒絕給他錢，不過他應變能力不錯，立刻說：「我沒跟朋友說是我自己的錢，跟他說是我借的。行了，你就不用為我擔心了，我自己會處理妥當的，明天你就把錢轉過去就是了。」

關蓮搖了搖頭，說：「還是不行，我還是不能給你。你知道開礦這種生意是很容易賠錢的，一旦你朋友賠了，怎麼辦？」

穆廣有點惱火了，他感覺關蓮是在耍他，便說：「你究竟什麼意思啊？這不行那不行的，你到底是給不給啊？」

關蓮笑笑說：「我不給！哥哥，你別騙我了，根本就沒有什麼開礦的朋友，對吧？」

穆廣說：「我沒騙你，真的有這個人的，不信，我把他領給你看看。」

關蓮笑了，說：「哥哥，別人不瞭解你，我還不瞭解你嗎？你這個人一向謹慎的很，又怎麼會一下子把全部身家都交給一個沒什麼保證的朋友呢？更何況，你在外面一向以清廉示人，哪一個朋友會一下子要你投資幾百萬呢？就算你說是借的，你的朋友怎麼會相信一個兩袖清風的官員能幫他借出幾百萬來呢？那剩下來就只有一個解釋了，你不相信我了，想要把我這裏的錢全部拿走。」

穆廣眼神立即躲閃開了，說：「沒這回事。你別瞎猜。」

關蓮笑了起來，說：「好啊，既然你覺得是我瞎猜，你也可以證明給我看，這筆錢你不要轉走了，就一直留在我這裏，行嗎？」

穆廣急了，關蓮背叛他已經是事實了，他怎麼還敢放心的再跟關蓮往來，就說：「當然不行了，關蓮，你別裝了，別以為我不知道你昨晚究竟在誰家裏，丁益那個小白臉對你還好吧？」

關蓮笑了笑說：「那我們倆都不要裝了，我也感覺到你知道我和丁益的事了，咦，你是怎麼知道的？我和丁益往來可是一向很小心的。」

穆廣冷笑一聲，說：「若要人不知，除非己莫為，你們倆在咖啡館前卿卿我我的，被錢總看到了。」

關蓮說：「原來是被他看到了，他看到了也好，省得我還要再跟你說了。」

穆廣痛苦的說：「關蓮，你怎麼能這樣子，你能有今天，哪一點不是我給你的，你說你無法跟父母交代，我還裝作是你男朋友陪你去看他們，我對你這麼好，你怎麼能這麼對我啊？」

關蓮叫說：「你對我好，哪個地方好了？你每次都很晚才過來，過來就只是想玩我而已，從來沒問過我的感受，你當我只是一個玩物而已，這也算好啊？我是不是要感謝你玩了我啊？」

穆廣反駁說：「不是這個樣子的，我來得很晚，只是不想讓別人看到我，你如果感覺不好，為什麼不早跟我說啊？」

關蓮冷笑著說：「我能說嗎？你主宰著我的一切啊。好，就算這不是你的錯，可是你想把錢全部轉走，一分都不留給我，你做的真夠絕的，這些錢都是我幫你賺到的，就算沒有功勞，我也有苦勞吧？再說，我也陪你睡了這麼長時間啦，你怎麼能就這樣讓我一無所有呢？」

穆廣聽了說：「這個我承認，我做的是有點過分了，不過，當時我實在是太氣你背著我跟丁益偷情。現在想想，我是有點不冷靜，你想要你應得的那一份是吧，行啊，我分給你一百萬，其餘的錢，你趕緊轉給我。」

關蓮笑了起來，說：「哥哥，你這麼說，好像錢在你的手裏一樣，你不覺得這時候這麼說，實在太幼稚了嗎？」

穆廣心沉了下去，這個女人的胃口真是太大了，一百萬竟然還不滿足，她忘了她原來只能租房子住的狼狽了。

穆廣皺了皺眉頭，他知道自己現在處於一個被動的境地，他只能跟這個臭女人協商解決這個事情，便說：「關蓮啊，一百萬不夠是吧？行，我們總算合作一場，我也不想鬧得大家都很難堪，這樣子吧，公司賬目上的錢一人一半，這下子總行了吧？」

關蓮笑得越發燦爛，說：「哥，你這是說什麼呢，分什麼分啊，談分錢多傷感情啊？

再說，公司賬目上也沒什麼錢可分了。」

穆廣火了，原來這臭女人根本就沒想分錢給他，他瞪著關蓮說：「公司怎麼會沒錢呢？你別做得這麼絕啊，那些錢沒有我，你可是一分錢都賺不到的。」

關蓮笑笑說：「錢都在我的卡上了，不過，這些錢都是我們公司正大光明賺來的，這一份份都有合同的。你說你幫助了我，有證據嗎？」

穆廣叫說：「關蓮，你這麼說就太不夠意思了吧？那些人之所以肯跟你做那種有名無實的生意，不都是沖著我嗎？你今天這麼說，根本就是忘恩負義。」

關蓮笑笑說：「哥哥，如果你認為那些人都是沖著你才跟我做生意的，我承認，不過，我認為我已經報答過你了，我這麼年輕美好的身子被你玩弄了這麼久，也該值這個錢吧？好啦，你就當這筆錢給我做嫁妝了，你為了我好，也不希望我空手嫁給丁益吧？謝謝你了。」

穆廣心知這筆錢要回來是無望了，他心中惱火到了極點，好幾百萬啊，這比挖了他的心頭肉還讓他心痛，他惡狠狠地看著關蓮，說：「你這個女人真是夠狠的，你就不怕回過頭來，我讓你們這對狗男女日子不好過嗎？」

關蓮故作害怕地說：「怕，我怕死了，我知道哥哥你現在很不甘心，我也知道哥哥你這個副市長是很有權力的，你要是難為丁益的天和房地產公司，他們的日子確實不會好過。所以呢，我也做了些準備，你這段日子以來通過我做的一切事情，我都留有記錄，如果你真的要難為我和丁益，我就把這些記錄公諸於眾，到時候怕是你要去監獄裏吃牢飯了，你就是想要害我們也不行了。哥哥，你也是聰明人，不會做這麼蠢的事，對吧？」

穆廣一聽，肺都氣炸了，指著關蓮罵道：

「你這個臭娘們夠毒的了，竟然早就算計好這一天了，還在背後記我的黑賬。我真是瞎了眼，怎麼養了你這個白眼狼出來。」

關蓮笑笑說：「是你以為我蠢嘛，以為我可以任你玩弄，其實你才是真的蠢豬，被我玩弄在股掌之上還不自知呢。行了，姑奶奶我也懶得跟你廢話了，你趕緊給我留下鑰匙從這裏滾出去，不然的話，別說我對你不客氣。」

穆廣再也難以克制住自己的怒火，叫道：「媽的，你什麼東西啊，你以為你吃定我了嗎？」說著，撲上去就死命的掐住了關蓮的脖子，嘴裏吼著：「老子能捧起你來，也能弄死你，你搞清楚，再怎麼樣，你也是被老子玩的。」

關蓮喘不上氣來，拼命地去抓撓穆廣，穆廣已經呈現瘋狂狀態了，根本就不理會關蓮的掙扎，他壓住關蓮的身子，下了死勁的掐住關蓮的脖子，直到關蓮再也不會動了。

穆廣這才意識到關蓮的情形不對勁，他鬆開掐著關蓮脖子的手，推了推關蓮，說：「關蓮，你沒事吧？」

關蓮的身子軟軟的，被穆廣推著動了幾下，一點反應都沒有，穆廣被嚇到了，趕忙伸手去關蓮鼻下試她的呼吸，一絲氣息都沒有，穆廣嚇得坐到地上去。

關蓮被他親手殺死了！

他慌忙爬了起來，看了看關蓮的臉，關蓮怒目圓睜，似乎在瞪著他，他再也不敢在這裏稍作停留，打開門便衝進夜幕之中。

跑出不遠之後，就攔了一輛計程車，他想趕緊離開這個地方。

在車裏，穆廣慌亂的四下看著，看有沒有人注意他，這時，計程車司機問他：「先生，你要去什麼地方？」

穆廣被司機的聲音嚇了一跳，叫道：「啊，你幹嘛？」

計程車司機笑笑說：「我沒幹嘛，我只是問你要去哪裡？」

穆廣這時只想衝回家去，家是唯一可以在這時候保護他的地方，便說：「我回家。」

計程車司機回頭看了看穆廣，關心地說：「先生，你沒事吧？是不是什麼事情嚇到你了？」

穆廣驚懼的看著司機，是不是他知道自己殺了人了？不像啊，司機一臉平靜，不像看到殺人犯的樣子，便故作鎮靜的說：「沒有啊，怎麼了？」

司機笑笑說：「沒什麼，你光說回家，可是你家在哪裡還沒告訴我啊。」

穆廣乾笑了一下，多少冷靜了一些，發現跟司機說回自己的家也不對，這樣子司機就知道自己的住址了，以後關蓮的屍體被發現，司機可能會提供線索，說是有這麼一個人當晚曾經慌慌張張的搭過車，那樣自己豈不是就暴露了?!

穆廣不好意思說：「你看我，慌張成這個樣子了，因為我家裏出了點急事，急著回去，就有點亂了，你把我送到××社區就行了。」

穆廣隨便說了一個社區的名字，司機就把他送到社區門口，穆廣付錢下了車，就往社區裏面走去。

走了一會兒，估計計程車已經開走了，這才轉身又出了社區。

這麼一折騰，穆廣徹底冷靜了下來，他在街邊找了一個隱蔽的地方坐了下來，開始思考要如何處理殺死關蓮這件事了。

現在最要緊的，是這件事情一定不能曝光，最起碼不能讓人懷疑到自己頭上，否則自己這輩子就完了，自己花費了多少苦心才熬上了一個常務副市長啊，而且他才四十多歲，如果因為關蓮而作牢判刑，送掉性命，豈不是太可惜了？

穆廣開始回想起自己跟關蓮這兩天的往來，看有什麼地方能夠把兩人連接起來，想來想去，他也許可以不承認他去過關蓮家，可是他無法消除這兩天他打電話給關蓮的通聯紀錄，警方只要發現關蓮的屍體，一定會先追查關蓮手機的通聯紀錄的，那時候自己絕對逃不掉的。

穆廣眼淚流了下來，他絕望地想到，完蛋了，老子被這個臭娘們給害死了。

夜色已經很深了，穆廣坐在那裏卻一點都不想動，他不知道自己下一步該幹什麼，是主動去自首呢，還是現在就逃跑？

此刻，穆廣耳邊再次響起了鏡得和尚上次跟他說過的話：不要既想要權力，還要美女財富，自己還不以為意，如果自己當時答應鏡得和尚做到這一點，是不是今天就不會有這種結果了？

可惜真像鏡得和尚所說的，自己已經被功名利祿迷住心竅了，根本就聽不進他的話。

穆廣忽然很想見見鏡得和尚，既然他看出自己會有今天這種結果，說不定他有辦法救自己呢？

穆廣摸出了手機，打電話給錢總。

錢總好一會兒才接通了，穆廣煩躁的說：「你在忙什麼，這麼久才接電話？」

錢總打著呵欠說：「我睡著了，這麼晚找我有事啊？」

穆廣看看時間，已經臨近午夜，就說：「對不起啊，我沒注意時間。誒，我想去見見鏡得和尚，明天你能不能安排一下？最好是現在就走，一早就趕到那裏。」

錢總沉吟了半晌，說：「穆副市長，你知道鏡得和尚的怪脾氣，我們貿然闖上門去，他是不會理我們的。能不能等幾天，我安排一下再說？」

穆廣心說：等幾天我怕是想去都不能去了，就說：「哎呀，我們就這麼闖上門去，他還能把我們趕出來嗎？我現在心煩得很，想趕緊見見這個老和尚，不用管老和尚的臭脾氣了，你過來，我們馬上就去。」

錢總拒絕了，說：「不行的，穆副市長。」

穆廣說：「為什麼不行？」

錢總說：「穆副市長，有件事情我沒跟你說，上次我們從鏡得和尚那裏出來，當時我見你那種情形，沒敢問你什麼，可事後我又去過鏡得和尚那裏，想問一下他怎麼惹您生氣了。鏡得和尚只是告訴我，以後如果您再要求我帶您去見他，要我替他拒絕您，他不想再見到您了。」

穆廣詫異地說：「鏡得和尚不想再見我了？為什麼？」

錢總遲疑地說：「也沒什麼。」

穆廣感覺錢總說話吞吞吐吐的，厲聲說道：「你別跟我藏著掖著的了，他是不是還跟你說過什麼？」

錢總說：「他倒是說過些別的，可是很不好聽。」

穆廣說：「你要急死我啊，好不好聽你都說給我聽聽，快點！」

錢總說：「好吧，我跟你說。鏡得和尚跟我說，他不想再見你，是因為您想再見他的時候，肯定是您做了極為後悔的事情的時候，他說到那個時候，就是大羅神仙也無法救您的，他就是見了您，對您也幫不上任何忙的，因此見了不如不見。」

穆廣驚呆了，他沒想到鏡得和尚早就知道了他會有今天這種結果，叫道：「什麼，鏡得和尚真的這麼說過？」

錢總也有點被嚇到了說：「是啊，他真是這麼說過，穆副市長，是不是您真的發生了什麼事情啊？」

穆廣馬上意識到自己失態了，他現在並沒有去自首的打算，還想儘量把關蓮的死掩蓋下去，因此不能跟錢總說實話，便沒好氣的說：

「你胡說八道什麼，我能出什麼事啊？我看你真是中了鏡得老和尚的毒了，他說什麼你都信啊？我不過是最近心裏煩，想起鏡得和尚說話還算通透，就想跟他聊聊罷了。老錢啊，你也是的，你帶我認識的這是什麼人啊？竟然在背後這麼胡說八道的咒我？還說什麼大羅神仙都救不了我，我現在還不是好好的嗎？」

錢總道歉說：「對不起啊，穆副市長，我也沒想到鏡得和尚竟然會說這些。」

穆廣抱怨著說：「我勸你以後離這種人遠一點！」說完，啪地一聲掛了電話。

掛了電話的穆廣一下子癱在地上，渾身的氣力像全被抽走了一樣，他跟錢總發火不過是嘴硬罷了，實際上，他心裏已經絕望透頂，連鏡得和尚都說他沒法救了，那他還能有什麼希望啊？

不行，自己絕對不能這麼坐以待斃！我就不相信大羅神仙也救不了，這世界上真的有大羅神仙嗎？穆廣啊，枉你聰明一世，卻被一個老和尚幾句裝神弄鬼的瞎話給嚇住了。好，你不是說大羅神仙也救不了嗎，老子偏偏救給你看看。這麼多年，老子費了多大的辛苦才爬到今天這個位置，老子可不能被一個臭女人毀了一生，老子就要自己救自己一回！

想到這裏，穆廣渾身有了力氣，他對自己開始有了信心，曾幾何時自己也被官場上的對手逼上了絕路，最後還不是想出辦法，解決掉了對手嗎？這世界上除了自己，神仙也是靠不住的，我就不相信自己解決不了這件事情。

有了信心，原來頭腦的清明思路又逐步回到穆廣身上，他想了一會兒，心中就有了主意。

既然現在還沒有人發現關蓮死了，那最好讓關蓮的死永遠不被人發現，只要關蓮的屍體不被發現，自己就不會跟關蓮的死聯繫起來，那就沒有敗露的一天。

這麼簡單的道理還要拖到這麼長時間之後才想出來，自己真是有夠蠢的，這麼慌幹什麼，慌只會害死自己的。

穆廣鎮靜了下來，他又打電話給錢總，這一次錢總還沒來得及再睡過去，很快就接通了。

穆廣說：「老錢啊，把你的車借給我用一下，我想出去散散心。」

錢總說：「要不要我陪你去啊？」

穆廣說：「我自己一個人就行了，你就把車送過來就可以了。」

過了一會兒，錢總就把車送過來了，把車交給穆廣的時候，還特意看了看穆廣的神色，穆廣神色倒沒什麼反常，錢總就說：「真的不需要我陪你一起啊？」

穆廣瞪了錢總一眼，說：「老錢，你什麼時間變得這麼囉嗦了？你趕緊走吧。」

錢總就離開了。

穆廣把車開到關蓮住的社區，他想用錢總的車將關蓮的屍體移走，打算毀屍滅跡，讓別人不知道關蓮已經被他殺了這個事實。

下車時，穆廣注意了一下四周，已經是深夜，社區裏靜悄悄的，除了還有一兩家住戶亮著燈之外，整個社區一片靜謐，夜是如此平靜，平靜得讓人心慌。

穆廣快步回到關蓮家，關蓮家也是靜悄悄的，穆廣注意看了一下四周，確實沒有什麼人在注意他了，這才開門進了屋。

屋內亮著燈，穆廣嚇了一跳，是不是什麼人進來了？

他輕手輕腳的四處看了看，確信屋內根本沒有別人，這才想起來，是自己匆忙逃離這裏的時候，忘記關掉屋內的燈了。

穆廣再去看關蓮，關蓮依舊躺在那裏，不知道怎麼啦，此刻穆廣心中竟然不那麼恐懼了，他踢了一腳關蓮，關蓮的身體被他踢得動了一下，再無其他反應，看來是已經死透了。

穆廣想找袋子把關蓮裝起來，結果找出兩個旅行箱，就把箱子拿到關蓮身邊，想把關蓮裝進去，沒想到關蓮的屍體已經僵硬了，怎麼也無法裝進箱子裏去。

穆廣在心裏罵了一句：這個臭娘們，死了也不讓老子清閒，想了想，索性一不做二不休，將這個臭娘們分屍算了。

穆廣又去廚房找了刀子，把關蓮拖到浴室，就在浴缸裏把關蓮的屍體分割開來。穆廣這時候被求生的本能逼著，心裏也沒有害怕的感覺了，他覺得這就跟看人殺豬沒什麼兩樣。

分好之後，穆廣把屍塊各裝進一個箱子，然後分兩次運到了樓下，裝進錢總車子的後車箱。

穆廣又回到關蓮家，將關蓮家裏一切可能跟他聯繫上的東西都收拾了乾淨，把可能留下指紋的地方擦了一遍，確定沒有人可以找到他的痕跡了，這才帶著收拾出來的東西，離開了關蓮家。

臨走時，穆廣忽然想起了什麼，又回去將關蓮的皮包拿了出來，看看關蓮的手機在裏面，便將皮包也一併帶走。

出來後，穆廣就開著車往海邊趕，找了一個偏僻的地方，將所有的東西分別丟進海裏。

車上只剩下裝著關蓮屍體的兩個行李箱和關蓮的皮包了，穆廣開著車繼續往前走，他決定離開海川之後才扔掉。

沿途，穆廣又購買了鐵鏈、袋子和兩個很重的啞鈴，看看離開海川已經很遠了，他找了一個荒無人煙的海邊，將關蓮的屍體用鐵鏈和啞鈴捆在一起，拋進了大海裏。

他看著關蓮的屍體慢慢沉入大海，心裏不但沒有了恐懼，反而有些興奮的感覺，他心說：鏡得和尚，你不是說大羅神仙也救不了我嗎？我這不是救了我自己嗎？關蓮將會永沉海底，就算將來她的屍體被發現，有誰知道這就是那個千嬌百媚的關蓮呢？又有誰能將這一切跟我聯繫起來呢？大羅神仙也做不到啊。

特別是關蓮的父母並不知道關蓮在海川的情形，他們甚至不知道關蓮這個名字，他們還以為他們的女兒跟著一個富商不知道在哪裡過好日子呢。所以關蓮的親人不會注意到關蓮失蹤了，更不會主動來尋找關蓮。

穆廣回到車裏，開著車子又繼續前行。

開出好長一段距離之後，他把車子停了下來，閉著眼睛長出了一口氣，臉上慢慢露出了笑容，此刻，他心中已經確信基本上他可以逃脫殺死關蓮的罪責了。

這時候天已經大亮，穆廣感覺睏得要命，就放倒座椅，躺了下去，這一晚他忙碌個不停，還歷經了從絕望到確信無事的大喜大悲，此刻已經身心疲憊，竟然很快就睡了過去。

第八章

神魂顛倒

穆廣從下午就躲在房間裏，難保這段時間穆廣沒溜出去跟關蓮見面。
而且穆廣剛來時魂不守舍的，也很可能是為情所苦才那個樣子的。
傅華說：「我真服了關蓮這個女人了，竟然能讓你們兩個大男人為她這麼神魂顛倒。」

刺耳的手機鈴聲響了起來，穆廣雖然睡著了，可心裏還是有幾分警覺，他一下坐了起來，開始尋找手機鈴聲的來源。

手機鈴聲是從後面的座位上傳來的，穆廣轉頭看去，就看到關蓮的皮包還放在後座上，不由得驚出了一身冷汗，自己怎麼這麼大意，竟然忘了還要把這個皮包扔掉，這要是被人看到還得了。

手機還在響著，穆廣把手機拿了出來，來電顯示，電話是丁益打來的。

穆廣罵了一句：「丁益你這個王八蛋，你還想找那個臭娘們啊，恐怕你要去陰曹地府才能找得到她了。」

穆廣就把手機關掉，卸掉手機的電池，就想下車把手機和手包扔到海裏去。

可是轉念一想，這樣不行。如果這世界上還有什麼人會找關蓮，會關心關蓮的動向，那就是丁益這個小王八蛋了。如果丁益發現關蓮失蹤了，難免不會懷疑到自己身上。

穆廣不清楚關蓮有沒有跟丁益說過她跟自己的關係，但是他敢肯定一點，丁益如果要追查，肯定會把他和關蓮聯繫起來的，因為這裏面還有一個知道他們關係跟底細的傅華在呢，難保丁益不會去問傅華，那時候他就有可能徹底暴露的。

這可怎麼辦呢？難道也像做了關蓮這樣，去做了丁益？

就算自己想這麼做，也不是那麼簡單，丁益是年輕男人，自己很難制服他，再是丁益家族在海川影響巨大，丁益如果出了事，他父親丁江恐怕將海川翻個遍也會找出兇手的。顯然這條路走不通，那怎麼讓丁益不再尋找關蓮呢？

對了，自己可以利用關蓮的手機啊。穆廣再次把電池裝了回去，然後就以關蓮的口吻給丁益發了一封短訊，寫著：

「不好意思，丁益，我經過一晚上的認真考慮，還是認為我不適合跟你在一起，我已經是個不乾淨的女人了，雖然你現在說愛我，要我，可總有一天你會嫌棄我的。所以我決定離開你。你不要再找我了，我心裏很亂，決定回北京去冷靜一段時間。大家好聚好散吧，拜。」

發完給丁益的短訊，穆廣又找出關鍵公司會計的手機號碼，用關蓮的語氣給會計也發了一封短訊，短訊裏說自己心情不好，沒心思再經營公司的業務了，想要回北京放鬆一段時間心情，公司業務暫停，讓會計安排公司職員暫時放假回家，什麼時候公司業務恢復，她會通知會計的。

在確信短訊都發了出去之後，穆廣再次把關蓮的手機關了，然後小心的把手機收到了他的手包裏，這部手機將來也許還會有用的。然後他將關蓮的皮包扔進了大海。

把皮包扔進大海時，穆廣感到一陣心痛，這倒不是他還想念關蓮，而是關蓮皮包裏的銀行卡上有著他的幾百萬呢！他不知道卡的密碼，更不敢冒險再嘗試使用這張卡。這是他費盡心機才搞到手的財富，可是現在卻不得不讓它成為關蓮的陪葬。

扔掉皮手包之後，穆廣這才徹底放下心來，他找了個地方，將錢總的車從裏到外徹底的大洗了一遍，這才掉轉方向，回海川去。

北京。

傅華接到海川市政府辦公室的通知，說副市長穆廣要來北京開會，讓傅華做好接待的準備工作。

穆廣這次來北京，是參加一個很莫名奇妙的會議，是一個什麼國際華商組織舉辦的「中國二十一世紀商業前景展望論壇」，這個論壇並不是什麼國際性的組織，而這個國際華商組織來歷也很可疑，主席是一個名不見經傳的美籍華人。

這個組織是在美國成立的，在這次論壇之前，傅華從沒聽說過還有這樣一個組織的存在。

傅華也曾看過一些類似的事情，就是一個不知道從哪裡冒出來的單位，突然廣發英雄帖，邀請各界精英參加他們的會議。

這些會議往往聽上去都有很大的名頭，以吸引各界精英參加。但是如果各界精英真的參加了，就會發現所謂很大的名頭，不過是假借而已，會議往往是徒有其表。原來這種會議往往是一種詐騙手法，借此騙取會議費用之類的錢財。

既然傅華都看出來這個論壇根本算不上什麼上規格有檔次的會議，穆廣還從海川千里迢迢趕來參加，就有些令人懷疑了，傅華幾乎可以斷定穆廣是借這次的會議到北京來玩樂散心的，因為他實在看不出一個副市長出席這種論壇會議有什麼意義。

而且穆廣還偏偏撿在他要結婚的時候跑來北京，讓傅華心中更是反感，他感覺穆廣就是故意來添亂的。

懷疑歸懷疑，傅華卻也無法讓穆廣不要來，領導要來，他只有老老實實做好服務的工作。

機場接到穆廣時，明顯感覺到穆廣有些不對勁，穆廣的面色灰暗，眼窩深陷，眼圈發黑，一副怎麼也提不起精神來的樣子。

這可是很少看到的狀態，通常穆廣在他們這些下屬面前，都是趾高氣昂，神采奕奕的，他今天這個樣子究竟是怎麼了？他的精神這麼不佳，為什麼還要跑來北京參加這次的會議呢？

傅華看出穆廣心情不佳，不得不更加小心應對，上前問好之後，就要把穆廣的手提包接過來，穆廣驚疑的看了傅華一眼，然後才笑笑說：「這個我自己拿就好。」

傅華注意到穆廣的笑容很僵硬，似乎擔心手提包被他拿到，只好將伸出的手縮了回來，領著穆廣上了車。

一路上，穆廣都很沉默，傅華問他這幾天會議行程的安排，他也只說會讓秘書劉根安排，駐京辦這邊就不用管了。

到了海川大廈，傅華將穆廣送進房間，穆廣就對傅華說：「我有點累，想休息一會兒，你回去工作吧。」

傅華問：「那晚上我過來給您接風？」

穆廣說：「不用了，我真的很累，晚飯也不太想吃。傅主任晚上就不用跟我的行程了，你這幾天不是就要舉行婚禮了嗎？肯定很忙，所以不用管我了，去忙你自己的好了。」

傅華笑笑說：「那邊有我未婚妻在忙，不太用得著我。」

穆廣堅持說：「那也不行，肯定有很多事情需要你這個新郎官做的，再說，你這時候也需要養精蓄銳，準備好應付洞房啊。好啦，晚上就回去陪你的未婚妻吧。」

傅華看了看穆廣，他不知道穆廣是真的關心他，還是說好聽的，他有點琢磨不出穆廣為什麼突然變得這麼友好了。

傅華不放心，又問了一次說：「穆副市長，您晚上真的不需要我？」

穆廣笑笑說：「真的不用，如果我餓了，我會跟小劉一起下去吃點的，你就不用為我擔心了。對了，替我跟你未婚妻道聲祝福，說我祝福你們夫妻和美幸福。」

傅華不好再說什麼，就跟穆廣告辭，離開了穆廣的房間。

穆廣把劉根也打發了出去，然後鎖死了房門，在房間四處看了看，確信就他一個人之後，這才打開手提包，從皮包的最下面，把關蓮的手機拿了出來，開了手機，馬上就有訊息通知的滴滴聲響起。

穆廣看了一下訊息的內容，有關鍵公司的會計打來的，還有電信公司的一些通知，其中更多都是丁益發來的，丁益責問關蓮為什麼突然變卦，不是說好要離開穆廣跟他在一起的嗎？還問是不是關蓮被穆廣威脅了，才不敢離開他？讓關蓮不要害怕，他會支持關蓮的，等等。

穆廣看著丁益的訊息，心中暗罵道，要不是這個小白臉從中攪合，他跟關蓮也不會發展成今天這個樣子，都是丁益害他成了殺人犯。

你等著吧，今後你們丁家的業務，只要從我手裏經過的，我都會給你卡得死死的，看你到時候是不是還能這麼囂張。

穆廣想了想，再一次以關蓮的口吻給丁益發了短訊，說她並沒有受到任何人的脅迫，她離開，只是因為她無法相信丁益真的會要她，丁益現在要她，只不過是迷戀她的身體而已，有一天新鮮勁過了，肯定會將她棄之若敝的。她不想將來會是這樣一個結果，索性先離開。

短訊裏還說，她現在心情很平靜，希望丁益不要再來騷擾她了，她想平靜的在北京開始新的生活。

寫完後，穆廣又重新一字一句看了一遍，確信沒什麼漏洞了，這才將短訊發給丁益。穆廣又將關蓮的手機關了機，小心的收了起來。

關蓮被自己掐死已經四天了，這四天，穆廣沒有睡過一天好覺，每一次他閉上眼睛，總是會看到關蓮死時那種怒目圓睜的樣子，他就會被嚇得一下子坐起來。

睡不著的時候，穆廣便會一一回想他掐死關蓮的整個過程，想一想這其中有沒有什麼事情他做的不對，有沒有什麼漏洞存在。

他突然發現有一個問題他忽略了，他用關蓮的手機發出的短訊說她去了北京，可是如果關蓮的手機並沒有漫遊到北京去，那不是就被拆穿了？

這可是很大的問題。看來有必要帶著關蓮的手機跑一趟北京，這樣相關的漫遊訊息才會顯示關蓮到了北京，這樣就算有人調查，也只會懷疑關蓮是在北京失蹤的。

因此這趟北京之行，是穆廣刻意為之的，他是要製造關蓮還活著的假象，所以隨便找了一個參加會議的名義，跑到北京來。

發完短訊，穆廣又了了一個心事，便也沒脫衣服，躺下來睡著了。

漆黑的夜裏，穆廣拼命地奔跑著，他心裏充滿著恐懼，不時回頭看看追著他的關蓮，後面的關蓮只有上半身，利用雙手往前爬著在身後緊追著他，嘴裏低吼著：「穆廣，還我的腿來，還我的腿來，你還我的腿來……」

一聲接著一聲，淒厲無比，聽得穆廣心都懸到嗓子眼去了。

穆廣拼命地奔跑，嘴裏喊著：「關蓮，我不是故意要害死你的，都是被你逼的，你放過我吧。」

關蓮並沒有聽到穆廣的哀求，仍然一邊在叫著還我的腿來，一邊緊追不捨。穆廣連累帶怕，跑得越來越慢，身後的關蓮卻爬得越來越快，終於追上了穆廣，一下就將穆廣撲倒在地，卡住穆廣的脖子用力的掐著。

穆廣越來越喘不上氣來，一陣窒息，感覺眼睛就要鼓了出來一樣，不禁啊的一聲大叫，一下子坐了起來。

他恐懼的看了看四周，四周亮堂堂的，還是大白天，讓穆廣不禁懷疑自己還在夢中，他掐了一下自己，有疼痛的感覺，這才清醒了些，知道不是在做夢。

看看時間，是下午四點鐘，原來自己竟然在大白天做了一個噩夢。

穆廣在心中罵了一聲娘，心說自己真是被關蓮這個臭娘們的冤魂纏上了。

穆廣知道這樣子下去肯定不行，那樣就算自己的罪行沒被抓到，自己也會把自己嚇死的。而且他現在這種狀態根本就無法工作，這樣下去肯定會出問題的。這可怎麼辦呢？

穆廣有些沒了主意，這次他沒帶錢總來，身邊沒有一個可以商量的人。

他沒帶錢總來，是害怕錢總可能會猜到關蓮出什麼事情了，錢總對他和關蓮的底細知道的太清楚，也知道他們正在鬧矛盾，很容易就會看破穆廣欺騙的伎倆的。

雖然穆廣交代說晚上不用傅華跟著他，可是傅華下班的時候還是過來看了看，他沒敢去打攪穆廣，就去問劉根，劉根跟他說，穆廣房間下午一直靜悄悄的，劉根自己也沒敢去敲門。

傅華不禁說：「劉秘書，我怎麼覺得穆副市長似乎精神不太好，是不是病了？」

劉根苦笑了一下說：「我也不清楚啊，好幾天都這個樣子，我勸他去醫院檢查一下，還被他訓了一頓。我看他是心情不好，所以也不敢輕易去打攪他。傅主任，你回去吧，穆副市長這裏有我看著呢，沒事的。」

傅華見沒什麼事，就下班離開了，去接了鄭莉一起吃飯。

鄭莉見了傅華很高興，說：「你不是要接待你們的副市長嗎？怎麼騰出時間來接我了？」

傅華笑笑說：「副市長晚上另有安排了，我就有時間了。」

兩人就找了家小餐館一起吃飯。

吃飯時，鄭莉說：「傅華，婚禮有一大攤子事呢，你能不能請請假啊，我一個人忙不過來。」

傅華苦笑說：「我也想啊，可是不巧我們這位穆副市長過來了，我跟你說過的，他對我有意見，沒事還想找我的事呢，這次他又古古怪怪的，我需要小心應對。小莉，你就辛苦一點吧。」

鄭莉無奈地說：「沒想到找你這麼個小官還這麼麻煩，一個破副市長就能把你弄得不敢請假。」

傅華笑說：「也不是不敢，只是我感覺這傢伙確實有些怪怪的，臉陰的要命，卻對我比以往客氣，還說讓我替他祝福你，我有些拿不準他這次來北京究竟是想幹什麼的。」

鄭莉聽了說：「我怎麼感覺這傢伙像是中了邪一樣啊？」

傅華說：「聽你這麼說，我覺得還真是很像，他整個人很沒精神，笑容也很僵硬，他的秘書說，他這樣子已經有幾天了。」

鄭莉說：「那你小心應對他吧，別讓他把壞心情都撒在你的身上。」

傅華心中也是這麼想的，因此第二天一早就趕到了駐京辦，找到劉根，兩人一起敲了穆廣的門，穆廣喊了聲進來，兩人進去見了穆廣。

經過一下午連一夜的休息，穆廣的臉色並沒有比剛到北京的時候好看一點。

穆廣看到傅華，勉強笑了笑說：「傅主任，你怎麼又過來了，我今天一天都在會議上，你不用陪我了。」

傅華看出穆廣的笑容很勉強，純粹是為了掩飾心緒的不佳，便說：「我過來是陪穆副市長吃早餐的。」

穆廣笑笑說：「跟我就不用這麼客氣了，今天既然來了，就一起吃吧，明天就不用這個樣子了，不然的話，你未婚妻會覺得我這個做領導的不通情理，你們籌備婚禮正忙的關頭，還要占著你的寶貴時間。」

穆廣越說些親暱的話，傅華越覺得他是在掩飾什麼，就說：「我未婚妻沒事了，昨天我把您的祝福帶給她，她還要我謝謝您呢。」

穆廣笑笑說：「謝什麼啊，那不過是實而不惠的一句客氣話而已。傅主任啊，我這次來得不巧，不然我倒是想參加你的婚禮，當面給你們送上祝福的。」

傅華心說，幸好你來得不巧，我原本也沒準備邀請你的，便笑笑說：「有穆副市長這句話，我們就很感謝了。」

三人就去餐廳吃早餐。穆廣雖然刻意找話題想要把氣氛搞好一點，可他那副心緒不佳的樣子是掩飾不住的，搞得桌上的氣氛十分的沉悶，最後連穆廣自己也懶得找話題了，餐桌上便只有吃飯的聲音，而沒交談的聲音了。

傅華注意到，即使只是出來吃個早餐，穆廣的手提包也是隨身帶著，劉根想要幫他拿都不行，似乎裏面有對穆廣極為重要的東西。

吃完早餐後，穆廣就要去參加論壇了，傅華安排好車，穆廣上了車，傅華就等他離開。

沒想到穆廣又向他招了招手，傅華走了過去，問：「穆副市長，還有什麼事情嗎？」

穆廣問說：「傅主任，北京這兒什麼地方香火比較盛啊？」

傅華想了想說：「很多啊，雍和宮、潭柘寺……，看您要去哪裡了。」

穆廣說：「雍和宮是不是藏傳佛教的聖地啊？」

傅華笑笑說：「對啊，那可是北京藏傳佛教規格最高的寺廟了，穆副市長您想去雍和宮？」

穆廣說：「是啊，我最近老是心神不寧的，想去那裏上個香。」

傅華聽了說：「那我來安排吧，您準備什麼時間去？」

穆廣說：「明天吧，明天的會議就沒什麼重要的議題了。明天我們早點去。」

傅華點點頭，說：「那好，我明天一早就來接您。」

穆廣這才離開了。

傅華心想：他來北京不會就只是為了到雍和宮上香吧？他究竟出了什麼事情啊？最近

也沒聽說海川政壇出什麼大事啊？傅華想不出個所以然來，搖了搖頭，轉身回去辦公了。

第二天一早，傅華趕到穆廣的房間，穆廣和劉根已經吃過早餐，坐在房間等著傅華，傅華看穆廣這麼心急，也不敢耽擱，就帶著穆廣和劉根一起奔向雍和宮。

進了雍和門之後，就是天王殿，這裏供奉的是彌勒佛和四大天王，殿內正中金漆雕龍寶座上，坐著笑容可掬、袒胸露腹的彌勒菩薩塑像。大殿兩側，東西相對而立的是泥金彩塑四大天王。

天王腳踏鬼怪，表明天王鎮壓邪魔、慈護天下的職責和功德。彌勒塑像後面，是腳踩浮雲、戴盔披甲的護法神將韋馱。

穆廣神情肅穆，很虔誠的在佛像前面雙手合什，一一敬拜。傅華和劉根在一旁也跟著參拜。

不知道為什麼，傅華感覺穆廣停留的時間很長，似乎心中在默念著什麼。

出了天王殿，進了雍和宮大殿，這裏供奉著銅的三世佛。中為娑婆世界釋迦牟尼佛，左為東方世界藥師佛。右為西方世界阿彌陀佛。

穆廣再次燒香敬拜，神情肅穆，也是默念了好久才把香插進了香爐。

拜完三世佛之後，傅華又陪著穆廣求了平安符，穆廣說要給平安符開光，三人就又去了開光室。

開光室裏的喇嘛剛剛給一批香客開光完，看到傅華三人，說要等多一點人才肯實行開光儀式，就讓三人在這裏等一下。

傅華沒想到開光還需要等，感覺喇嘛對這個開光儀式太不重視了，剛想要說什麼，沒想到喇嘛沒等他們有所反應就快步離開了。

傅華對穆廣笑說：「穆副市長，您看這幫喇嘛也太不尊重我們這些香客了。」

穆廣神情卻很平靜，說：「傅主任，我不急，我們就在這裏等他吧。」

等了好一會，陸續有香客進來，喇嘛覺得可能人數差不多了，這才趕回來，為眾人誦經開光。

穆廣把開過光的平安符戴到了脖子上，不知道是不是心理作用，戴上平安符的穆廣一下子有了精神，早上看上去的萎靡頓時不見了。

到此，穆廣來雍和宮的目的已經達到了，他無心繼續遊玩，就說要離開了。

回到海川大廈，穆廣讓傅華給他訂回去的機票，他說昨天的會議參加下來，感覺這次論壇是一次沒實際內容的會議，他不願再把時間浪費在北京了，要趕緊回去工作。

傅華覺得穆廣似乎跑北京來這一趟，就是為了到雍和宮拜佛的，會議只不過是個藉口而已。

傅華就為穆廣訂了下午的飛機，中午陪穆廣一起吃了午飯，算是為穆廣踐行。

穆廣在午宴表現得很是興奮，一再稱讚傅華最近工作做得很好，又稱讚駐京辦的工作人員努力。酒桌上的氣氛就被穆廣搞得很熱烈。

這種氣氛讓傅華都感覺有點不真實，似乎他們從來沒產生過嫌隙，穆廣更沒有做過什麼對不起他的事一樣。傅華不知道這是穆廣在向他示好，以求緩解兩人間的關係呢？還是這又是穆廣迷惑他，故作友好的一次表演？

傅華不知道的是，這真的是穆廣對他的示好，穆廣剛才在雍和宮敬拜時，腦海裏就有一種神清氣爽的感覺，他感覺這幾天一直糾纏在他身邊的關蓮的冤魂終於煙消雲散了。

他去雍和宮本來是臨時起意的，想說去拜一下，如果能祛除關蓮對他的糾纏是最好的。他在佛祖面前默念他對關蓮死去的懺悔，又在佛前許願，只要關蓮不再糾纏他，他願意專門請人為關蓮念經超度。

沒想到許願還真是靈驗，他拜完三世佛的時候，就已經有輕鬆的感覺。這對他是一種意外之喜。

這次關蓮的死，讓穆廣心灰意懶，他覺得跟傅華的爭鬥，是一場沒有意義的博弈，就算獲得勝利，把傅華給打倒了，他也沒什麼好處。傅華本來就是他的部下，即使打垮了他，穆廣也不能升官，不能發財，那又何必呢？因此穆廣在心情恢復時，就想不要再跟傅華爭下去了。

傅華卻不知道穆廣這些心路歷程，因此對穆廣的示好只是敷衍的應和著，並不相信穆廣會真的對他言歸於好。

午飯後，傅華送穆廣和劉根去首都機場，沒想到在機場正遇到剛下飛機的丁益。

丁益碰到傅華和穆廣也感到很驚訝，他覺得關蓮的突然變卦，一定跟穆廣有很大的關係，此刻關蓮跑回北京，穆廣此時也恰在北京出現，更是說明了這一點。

雖然丁益心中憎恨穆廣，可是他還得為自己的家族著想，因此對穆廣不得不保持禮貌，便打招呼說：「穆副市長，這麼巧遇到您啊？」

穆廣一看到丁益，就知道丁益這次來北京肯定是為了關蓮而來，他心想還真是冤家路窄啊。

不過，此刻穆廣的心情已經放鬆了下來，不像剛來北京時那麼緊張了，便笑著說：「是啊，真巧啊，丁總這時跑來北京幹什麼啊？」

丁益看了穆廣一眼，他懷疑穆廣知道他來北京的意圖，不曉得關蓮現在是什麼狀況，因此不好直接挑明自己的來意，便說：「我來是見一個朋友，怎麼，穆副市長這是要回去啊？」

穆廣心裏暗自好笑，見朋友，你見個屁朋友啊，你的朋友早就做了鬼了，你去見鬼倒是可以！他點了點頭，說：

「我來參加一個會議，沒想到會議開了一天就覺得沒意思了，市裏還有一大堆事務等我處理呢，就準備趕緊回去了。丁總，你在北京慢慢玩，我先走了。」

兩人就握了握手，就此告別。

傅華讓丁益先在外面等他，等送走穆廣，傅華趕忙出來找丁益，丁益正百無聊賴的等著他。

傅華上前招呼說：「老弟，你今天運氣真是不錯啊，碰到我就省得搭計程車去我那裏了。」

丁益卻沒有絲毫高興的樣子，說：「什麼運氣不錯啊，我遇到穆廣算是夠倒楣的了。」

傅華愣了一下，說：「怎麼？穆廣又惹到你了？」

丁益沒好氣的說：「這傢伙簡直就是我的剋星，我一個正值壯年的年輕人竟然鬥不過他一個快五十的中年人，真是邪門了。」

傅華看了丁益一眼，說：「你不要告訴我，你又跟關蓮扯上瓜葛了吧？」

丁益不好意思地說：「傅哥，你不知道，沒有任何一個女人能給我那麼美好的感覺。」

傅華不滿地說：「老弟啊，關鍵不是這個女人能不能給你美好的感覺，而是她是一朵有毒的玫瑰，沾惹上她，對你有百害而無一利的。」

丁益說：「傅哥，你不懂，這一次不是我去沾惹他，而是她主動找我，跟我說要離開穆廣，跟我一起生活。」

「那穆廣是什麼態度，他肯放手嗎？」傅華問道。

丁益嘆了口氣，說：「我想穆廣是不肯放手，關蓮本來跟我約好了，說她跟穆廣說清楚後，就來跟我一起生活，可是她回去之後，第二天竟變卦了，說不相信我會一輩子對她好，還跑回了北京。」

傅華訝異地說：「你說關蓮回到了北京？」

丁益說：「對呀，我前天還接到關蓮在北京發給我的短訊呢，說什麼叫我不要騷擾她，她想平靜一段時間。可是明明是她讓我的心不平靜的，我不服氣她寧願選擇穆廣也不選擇我，就追來北京，想問她究竟是怎麼了，是不是受到穆廣的脅迫了？」

傅華笑了起來，說：「老弟啊，你是不是太幼稚了，她短訊裏說人在北京，她就真的在北京啊？也許她躲在海川不想讓你找他，才故意發短訊說在北京呢。」

丁益搖頭說：「哎呀，你以為我那麼傻啊，我接了短訊之後，就找朋友幫我查了關蓮的手機號碼，確信機主正在北京漫遊，我才趕過來的。關蓮肯定是在北京，要不然穆廣跑來幹啥啊？」

傅華說：「你是說穆廣來北京是追隨關蓮而來的？不像啊，他來北京這兩天，沒有跑出去見什麼人啊？」

丁益冷笑一聲，說：「公開上他當然不敢去見關蓮了，可私下裏呢？」

私下裏傅華就不敢保證了，穆廣刻意支開他和秘書劉根，從下午就躲在房間裏，難保這段時間穆廣沒溜出去跟關蓮見面。而且穆廣剛來時魂不守舍的，也很可能是為情所苦才那個樣子的。

傅華笑了笑，說：「我真服了關蓮這個女人了，竟然能讓你們兩個大男人為她這麼神魂顛倒。」

丁益說：「你就別看我的笑話了，回頭你得幫我一個忙。」

傅華趕忙說：「這個忙我可不想幫，我都跟你說了這個女人的事我不管的，你還嫌穆廣恨我恨得不夠嗎？」

丁益央求說：「這個忙非得你幫我不行的，傅哥，求求你了。」

傅華苦笑說：「還被你纏上了，好了，你說吧，讓我幹什麼？不過事先聲明啊，這是最後一次，以後別再來煩我了。」

丁益說：「我想讓你幫我找到關蓮，我記得她在北京的公司是你幫忙辦的，你肯定知道她的辦公室地址。」

傅華聽了說：「你還要找她啊？」

丁益說：「是，我這次來北京，就是想找到關蓮好好的談一次，如果她真是離不開穆廣，我就徹底死心，從此再也不跟這個女人來往。」

「好吧，我陪你去找一次。」傅華答應說。

兩人出了機場，丁益就讓傅華直接帶他去關鍵公司的辦公地點。

傅華大致還記得關蓮公司的位置，就帶著丁益趕了過去。很快找到了關鍵公司，可是辦公室內並沒有人，據房東說，這個辦公室很長一段時間都沒人出入了，不過租金交到了年底，他也就這麼放著沒管。

顯然關蓮是把辦公中心轉移到海川去，放棄北京這邊了。

丁益又問傅華知不知道關蓮在北京有沒有別的住處，傅華搖搖頭，他跟關蓮實際上並不熟，關蓮在北京唯一跟他發生聯繫的就是這個關鍵公司，除此之外，他對關蓮也是一無所知。

丁益立時傻眼了，不知道該如何去找出關蓮來。

傅華想了想說：「你可以打電話跟她說一下啊，就說你在北京，想見見她。」

丁益就撥了關蓮的手機號碼，結果是關機狀態，他對傅華說：「她關機了，怎麼辦呢，傅哥？」

傅華說：「你發個短訊給她，讓她出來見你。」

丁益此時也沒別的招數，只好發了一個短訊過去，說自己到了北京，住在海川大廈，讓關蓮過去找他，他想跟她好好談談。

之後，兩人就去了海川大廈，傅華陪丁益開了房間住下，這期間關蓮一直沒回覆短訊。

傅華看丁益一直憂心忡忡的，就拍了拍他的肩膀，說：「老弟啊，別讓一個女人把你搞成這樣，她不值得的。」

丁益說：「不是的，傅哥，你不知道，這幾天，我一直有一種很不祥的感覺，感覺我可能再也見不到關蓮了。」

傅華不以為意地說：「那豈不是更好？」

丁益苦笑了一下，說：「傅哥，你沒明白我的意思，我是說關蓮可能已經出了意外。」

傅華愣了，說：「別瞎說，關蓮會出什麼意外啊，她如果出了意外，又怎麼可能給你發短訊呢？」

丁益說：「我懷疑這個短訊根本就不是關蓮發的，那天關蓮回去之前，她要離開穆廣的態度是很堅決的，我不相信她才回去一下，態度馬上就會大逆轉。而且我已經向她承諾，會跟她一輩子在一起，她沒有理由再來懷疑我的。」

傅華說：「就算是這個樣子，你也不能就說關蓮出了意外啊？」

丁益擔心地說：「反正我就是有這種感覺，我懷疑她可能被穆廣害死了，或者被穆廣拘禁了。」

傅華看了看丁益，說：「老弟，你醒醒吧，你怎麼會被那個女人迷成這個樣子啊，竟然會懷疑一個政府的副市長會對她採取這麼非常的手段？你不覺得這個想法太可怕了嗎？」

丁益嘆說：「沒辦法，我也知道這個想法很可怕，可是我腦海裏轉來轉去都是這個念頭。不然的話，事情沒辦法解釋的。你不知道，關蓮已經把海川的業務全部暫停了下來，可是如果她選擇了穆廣，穆廣還會幫她的，她的業務怎麼會暫停呢？」

傅華並不相信丁益的說法，笑笑說：「她短訊裏不是說要來北京嗎？像她這種業務，除了本人能辦，別人是不能辦的，她不暫停又能怎麼樣呢？」

丁益反駁說：「可是我們並沒有在北京找到她啊？誰能說她就一定來北京了呢？」

傅華搖頭說：「你真是中邪了，你剛才不是說查過她的手機，確信漫遊到北京了嗎？

好啦，你既然已經來北京了，可以在北京待幾天等她的消息嘛，也許她會給你回信呢？你就別疑神疑鬼的了。正好過兩天我要舉行婚禮，原本我還在猶豫要不要請你從海川來參加，現在你來了，正好就參加完我的婚禮再走吧。」

丁益笑笑說：「也好，我就留在北京幾天吧。」

第九章

山雨欲來

穆廣走到窗戶前看向窗外。外面黑漆漆的一片，看不到一顆星星，穆廣心裏有一種風暴就要來了的感覺。雖然他已經做了萬全的準備，可是真的能抵禦這一場風暴嗎？

穆廣心中沒底，他知道，此刻的他只能是聽天由命了。

穆廣離開後，傅華就不需要陪在駐京辦了，他請了假，全神投入在婚禮的籌辦當中。

而丁益則是四處打探關蓮的消息，尋找關蓮雇傭過的那些人的蹤跡，可是在北京這茫茫人海中找尋一個人，無異於大海撈針，幾天下來，丁益一無所獲。

傅華大喜的日子終於來到，在趙凱的主持下，他和鄭莉的婚禮隆重舉行。張凡、賈昊、蘇南、丁益、劉康等人都來參加了婚禮，金達和張琳則分別打電話來，向傅華表示祝賀。

劉康還特別送了一份厚重的禮物給這對新婚的夫妻，是一個雕刻著和合二仙的玉山子，玉質圓潤，一看就價值不菲。從這份禮物傅華多少感覺得出來，劉康是真心跟他交好，因此對劉康的態度也就更加友善了。

這是忙碌熱鬧的一天，婚禮繁瑣的儀式讓傅華和鄭莉這對新人一刻不得閒，等婚禮結束，兩人都有些精疲力盡的感覺。不過雖然疲憊，兩人都覺得十分甜蜜，幸福的相擁著睡了過去。

傅華開始休婚假，丁益卻沒有停下尋找關蓮的腳步，他在傅華的介紹下，雇用了私家偵探小黃去尋找關蓮。

小黃幫丁益找到了關蓮請的那個女大學生，可是詢問之下，女大學生也沒有任何關於關蓮在北京的線索，事情走進了死胡同，似乎關蓮根本就沒回來過北京。

而關蓮除了前段時間發給丁益的那條短訊之外，並無任何音訊，丁益也不能一直留在北京，他還有一大堆業務等著處理，只好放下尋找關蓮的事，跟傅華道別過，回了海川。

回到海川的丁益並沒有把關蓮放下來，他又去找了關鍵公司的會計，詢問會計知不知道關蓮最新的消息。會計那邊也沒有任何關蓮的新消息，這些情況綜合起來，關蓮好像憑空消失了一樣，丁益越發相信關蓮一定是出了什麼意外了。

丁益無法就這樣子乾等下去，便衝到市政府，找到了穆廣辦公室，他要當面直接質問穆廣，問穆廣究竟對關蓮做了什麼。

穆廣正在辦公室，聽秘書劉根報告說丁益要找他，他呆了一下，心中盤算著要不要見丁益。

穆廣在北京機場遇到丁益的那一刻起，他的心就懸了起來，他知道丁益跑去北京是去尋找關蓮的，心知丁益肯定是找不到關蓮的。

他一直很密切注意著丁益的動態，丁益去找關鍵公司會計這件事，穆廣也知道，丁益肯定是在北京沒找到任何線索才會衝來市政府的，自己是見他還是不見他呢？

考慮了一會兒，穆廣決定還是見丁益，就讓劉根請丁益進來。丁益跟著劉根進了穆廣的辦公室。

穆廣看見丁益，立即站起來，迎了上去，說：「丁總什麼時候從北京回來了？」

穆廣的熱情讓丁益有點糊塗，難道他懷疑錯穆廣了嗎？關蓮根本就沒出什麼事情？不過他心中的疑竇終究無法解開，覺得還是應該從穆廣這裏找尋答案，就說：「我回來有幾天了。」

穆廣笑著問道：「丁總來找我，是不是天和房地產公司有什麼事情需要我這裏解決啊？你們天和房地產是我們市房產業的龍頭企業，對市財政的貢獻很大，有什麼需要我這個副市長做的，只管開口好了，我一定會幫忙的。」

穆廣說這番話的時候，丁益一直看著他的眼睛，從穆廣臉上，他看不出任何與關蓮失蹤相關的蛛絲馬跡，他心裏更加沒有了底氣，難道自己真的想錯了，穆廣是無辜的？還是穆廣的鎮靜功夫了得，做了壞事也像沒事一樣？

丁益決定不管怎樣，還是要問關蓮的事情，便說：「謝謝穆副市長對我們天和的關心，不過我今天來，並不是為了天和公司的事，而是為了一個我們共同認識的人。」

穆廣還想繼續裝糊塗，便說：「丁總說的是誰啊？」

丁益凝視著穆廣的眼睛，說：「關鍵公司的關蓮。」

穆廣不能說自己不認識關蓮，便笑笑說：「你是說關蓮？她怎麼了？」

穆廣雖然表現得很鎮靜，丁益還是捕捉到了穆廣眼神的一絲躲閃，便說：「關蓮最近失蹤了，不知道穆副市長是否知道這個情況？」

穆廣裝作愣了一下，說：「她失蹤了嗎？我不知道啊？我很久沒跟她聯繫過了。發生了什麼事情嗎？」

穆廣這一愣明顯是表演出來的，丁益再次盯著穆廣，質問道：「穆副市長真的很久沒跟關蓮聯繫過了嗎？」

穆廣並不畏懼丁益逼視他的眼神，他知道除非自己自亂陣腳，否則丁益是找不出他什麼毛病的，便直視著丁益，笑笑說：「丁總，你這麼說是什麼意思啊？我有必要跟你撒謊嗎？」

丁益被問住了，他沒想到穆廣心機這麼陰沉，竟然在自己面前滴水不漏。他低下了頭，不再去看穆廣，而是在心中迅速的尋找對策。

既然無法在穆廣身上找出什麼漏洞，那還是繼續從關蓮身上著手好了。

丁益想起當初傅華告訴他關於關蓮的來路，當時穆廣介紹關蓮時，說關蓮是他一個老朋友的女兒，現在既然北京海川都找不到關蓮，那麼找到關蓮的家人，也許就可以知道關蓮的下落了，關蓮總不會不跟她的家人聯繫吧？

丁益笑了笑說：「穆副市長誤會了，我不是不相信您，而是我有一件非常緊急的事情需要馬上找到關蓮，所以急於知道關蓮的近況。」

穆廣聽了說：「那你找錯人了，關蓮跟我的往來並不密切，我並不知道她最近的行蹤。」

丁益說：「那穆副市長總知道關蓮家人的情況吧，我記得您好像跟關蓮的父親是老朋友，我想找找關蓮的父親，看他知不知道關蓮的下落，您能告訴我她父親的聯繫方式嗎？」

這下子可把穆廣問住了，他一時間無法回答，關蓮這個人本來就是他創造出來的，當初他把張雯的名字改成了關蓮，還透過關係幫她辦了假的身分證，根本就不存在什麼關蓮的父親，這只是他為了掩飾關蓮真正身分的一種手段而已。

這讓他如何告訴丁益聯繫方式呢？他總不能把關蓮真正的父親交代出來吧？

原來整件事還有這麼大的一個漏洞，穆廣有些慌亂了起來，他知道這些事八成都是傅華跟丁益說的，心中不由暗罵傅華多事。

穆廣臉沉了下來，他無法給丁益一個答案，索性站了起來，說：

「丁總啊，我不知道你從哪裏聽說我跟關蓮的父親是老朋友這種不靠譜的說法，我跟關蓮也就在海川的社交場合見過幾面，算是認識而已，我不知道她的父親是誰，更不知道他的聯繫方式。我很忙，沒時間跟你扯這些家長裡短的事情，所以請你趕快離開吧。」

丁益見穆廣拒絕回答關蓮父親的聯繫方式，心便沉了下去，穆廣否認這一點，說明穆廣怕自己追查到關蓮的父親，從而追查出關蓮失蹤的真相。看來關蓮真是凶多吉少了。

丁益急了，站起來問道：「穆副市長，你老實說，你究竟對關蓮做了什麼？」

穆廣身子顫抖了一下，不過隨即鎮靜了下來，這時候說什麼也是要打死也不認的，他冷笑一聲，說：「丁總，我不知道你在說些什麼，我現在要辦公了，請你離開。」

穆廣的表現，讓丁益越發印證了心中的想法，他叫道：「穆廣，你別裝了，你肯定對關蓮下了什麼毒手了，你快把關蓮交出來，否則我不會放過你的。」

穆廣的臉色變得鐵青，他打開自己辦公室的門，叫道：「來人，把這個瘋子給我攆出去。」

立刻有政府辦公室的人衝了過來。

看到丁益，很多人都認識，就有人跟丁益說：「丁總，請你趕緊走吧，別讓我們難做。」

丁益還是不肯甘休，指著穆廣說：「穆廣，你別不承認，你一定是把關蓮給害死了，你等著吧，我一定會找出證據證明這一點的。」

穆廣的臉色青得嚇人，他瞪著辦公室那些人罵道：「你們都是死人啊，站在那裏聽這個瘋子胡說八道，還不趕緊給我把他攆走！」

眾人就動手將丁益拖出了辦公大樓。

一路上，丁益還是罵聲不絕，一個勁地指說穆廣害了關蓮，氣得穆廣狠狠地把門摔上了。

同樓層的金達也在辦公室辦公，聽到這邊鬧騰騰的，就過來問穆廣是怎麼一回事。

讓丁益這麼一鬧，穆廣心中很是緊張，看到金達過來，忙把眼神躲閃開，低著頭回答說：「也不知道這個丁益是中了什麼邪，非說我跟一個女人的失蹤有關，我跟那個叫關蓮的女人根本就不熟，不知道他為什麼這麼來鬧騰我？」

金達懷疑地看了看穆廣，說：「老穆啊，無風不起浪，這件事情真的跟你無關？」

穆廣急說：「金市長，您怎麼也懷疑我呢？我跟那個女人真的不熟，也就是在公開場合見過幾面而已。再說，這個女人現在是什麼狀況還沒搞清楚呢，誰知道她是不是真的失蹤了啊？」

金達只是覺得穆廣的樣子有些可疑而已，也沒證據表明穆廣跟這件事情有關，就笑笑說：「我就是隨口一說罷了，你別急嘛。你知道我們這些做領導幹部的，一涉及到女人的事情往往很難說清楚，我是想說，我們自己的行為應該檢點一些。」

穆廣臉一下紅了，說：「金市長，您這麼說我就不願意聽了，我沒有不檢點啊，您隨便找個人問一下，我穆廣什麼時候跟女人有過糾葛了？你能拿出證據來，我就認賬，如果不能，最好不要誣賴我。」

來海川這麼長時間，金達確實沒聽說過穆廣有什麼緋聞。便笑了笑說：「老穆，我看你誤會我了，我不是說你有，只是想提醒你一下而已。」

穆廣沒好氣的說：「這方面不用金市長您提醒，我自認問心無愧。」

金達反而被弄得不好意思了，他訕訕的說：「那樣最好了，我回去了。」

政壇是八卦流傳最快的地方，丁益為了一個女人找上副市長穆廣的消息，馬上就在海川政壇不脛而走，八卦很快就傳到了丁益的父親丁江耳裏，丁江當下就拍了桌子，讓人馬上把丁益叫來。

丁江是經歷過很多風浪的人，通過上市，公司資產才呈幾何倍數的增加，丁江知道一切來之不易，因此倍感珍惜，在海川行事一向十分低調，也約束自己的家人不可張揚，特別是對丁益，管束的更加嚴格。可是沒想到丁益竟然敢闖上市政府去，還為了一個女人去跟穆廣叫板，真是瘋了。

這個丁益啊，真是昏了頭了，什麼樣的女人值得他這麼做？他這是要害死天和房地產啊。

丁江是從官場裏出來的，深知官員的厲害。作為房地產開發公司，每一個案子都需要政府配合批准，一個案子要蓋的公章多達幾十個，因此丁江和很多政府官員都保持著密切的交往，每年這些私下的公關費用都是一筆可觀的數字。

現在如果穆廣因為這件事遷怒天和房地產公司，那未來天和房地產公司的項目開發將舉步維艱，公司的前途實在是堪憂啊。

丁益匆忙趕了過來，一進門就看到丁江滿面怒容。

丁江怒目而視，說：「丁益，你翅膀硬了，敢去跟穆廣叫板啦？」

丁益低下了頭，「爸，你知道了？」

丁江氣說：「你已經鬧得滿城風雨了，我想不知道都很難啊。平常我是怎麼教你的，不是告訴你處事要低調嗎？你就是這麼低調的啊？」

丁益委屈地說：「爸，你不明白的。」

丁江罵說：「什麼我不明白，你跟我說，什麼樣的女人能讓你這麼失去理智啊？那個關蓮，外面多少人都知道是穆廣的姘頭，別人躲還來不及，你為什麼還要去招惹她呢？」

丁益抱屈說：「爸，我真的很喜歡她，而且我覺得她好像出了意外，我不能就這麼坐視不管。」

丁江說：「什麼你感覺上，你有什麼證據說她出了意外？穆廣是海川的副市長，你無憑無據就敢跑去跟他鬧，你真是被那個女人搞昏頭了。」

丁益心裏正在為自己不能替關蓮伸張正義而懊惱，現在丁江又這麼責備他，他更是鬱悶，不由得煩躁說：「爸爸，我要怎麼說你才能明白呢？我是真的想跟關蓮在一起的。」

丁江勸說：「不是我不明白，而是你不明白啊，兒子！我們丁家在海川已經讓很多人眼紅了，我們就算是小心做人，還是會有人憋著要算計我們，現在你這麼公然的去跟人家對著幹，是不是嫌我們丁家麻煩還不夠啊？我看天和遲早要敗在你手裏。」

丁益苦笑說：「爸爸，我不就只有這麼一次嘛？以前我什麼時候不聽你的話過了？再說，事情已經發生了，你再來責備我有什麼用啊？難道說你想讓我去跟穆廣道歉嗎？」

丁江不說話了，他知道丁益確實是個聽話的兒子，他比很多紈褲的富二代強得太多了，在公司的經營上也很用心。丁益說的也不是沒有道理，事情確實已經發生了，再去責備他也沒什麼用，至於道歉，則是更加不必了，丁江對穆廣的個性很瞭解，穆廣心機陰沉，就算是真的去跟他道歉，他也會尋機報復的。這個梁子反正是結定了。

丁江嘆了口氣，說：「兒子，道歉是沒用的，你記住這次的教訓就行了，以後不要再這麼衝動了。」

丁益點了點頭。

丁江又說：「你告訴我，你跟那個關蓮究竟是怎麼回事啊？」

丁益講了事情的來龍去脈，講完後，丁益說：「爸爸，我感覺關蓮不可能就這麼人間蒸發的，肯定是穆廣對她做什麼了。」

丁江心中也有幾分贊同丁益的判斷，嘆了口氣說：「她有可能真的凶多吉少了。不過，我們現在沒有任何可以證明這件事的證據，也不能做什麼。算了吧，你不要再去糾纏這件事情了。」

丁益痛苦地說：「爸爸，不行的，如果關蓮真的出了意外，那就是我害了她，我如果再不幫她查明真相，我還算是個男人嗎？」

丁江瞪了丁益一眼，說：「你就這樣子去糾纏穆廣有什麼用啊？你只會讓他感到好笑而已。男人做事，是不能這個樣子的。」

丁益說：「那我就什麼事情也不做了嗎？」

丁江說：「沒什麼把握的時候，那就什麼事情也不要做，你給我先忍著。聽著啊！我不許你再去找穆廣麻煩了，你再給我鬧事，我饒不了你！」

丁益雖然心中不滿，可也不敢公然對抗他的父親，就沒好氣的說：「我知道啦，你還有事嗎？沒事我走了。」

丁江看著氣哼哼的丁益一眼，心說這傢伙還是欠缺磨練啊，便說：「好吧，你先走吧。」

丁益就離開了。丁江坐在那裏，陷入了沉思。

自從穆廣這個副市長到海川來後，海川市政府對天和房地產並不友善，天和房地產在不少項目上都受到了挫折，反而是一些以前名不見經傳的小公司借助穆廣的力量，開始在海川市場上呼風喚雨了。

上次富業地產的葉富從天和手中搶走那塊地，就是一個很好的例子。丁江明顯感覺到天和房產在海川的地位受到了威脅，這種態勢發展下去絕對是不行的，要趕緊想個辦法解決才行。

此外，關蓮的事情得不到解決，丁益也很難安心工作，這也是個難解的問題。丁江嘆了口氣，看來丁益還不夠成熟，天和房產自己還需要盯一段時間啊。

丁益來鬧過之後，穆廣知道這段時間海川政壇一定會盛傳他和丁益為了一個女人而衝突的八卦，他卻不能做什麼，現在這時候，不管他做什麼，都很敏感，會讓人覺得他是在掩飾什麼，更有欲蓋彌彰的感覺。

處於輿論中心的穆廣，行為不得不更加謹慎起來。他知道背後又多了一雙盯著他的眼睛，這雙眼睛恨不得置他於死地，因此雖然他的錢已經被關蓮全部拿走，可是穆廣也只得忍住心疼，暫時停下了撈錢的步伐。

現在穆廣只有等待，等時間讓人們淡忘這件事情，或者有新的八卦出來沖淡人們對這個三角關係的興趣。

但是穆廣沒有料到的是，丁益來鬧還只是小兒科，一場更大的風暴已經在等著他了。

這天，穆廣正在辦公室辦公，一個電話打了進來，一看是他一個姓紀的同學，這個同學任職省紀委副書記，跟穆廣的關係很密切。

紀副書記說：「在幹嘛呢？」

穆廣回說：「在辦公啊，有事嗎？」

紀副書記說：「說話方便嗎？」

穆廣一聽，心又開始發緊了，紀副書記的語調很嚴肅，讓他不禁有不寒而慄的感覺。

穆廣就示意向他請示工作的人先出去，然後才說：「現在就我一個人了，出了什麼事情啦？」

紀副書記說：「你被人舉報了，知道嗎？」

穆廣說：「知不知道是誰啊？」

紀副書記說：「舉報人沒有具名。」

穆廣說：「那舉報我什麼啊？」

紀副書記說：「他舉報你利用一家叫做關鍵建築資訊的公司作為掮客，說你跟關鍵公司的關蓮關係曖昧，你透過她，在土地出讓和改變土地地目上為一些房產公司謀取利益，還特別點名了一家叫富業的地產公司。舉報書中列舉了很多的證據，可信度極高，省委和省紀委對此很重視，可能會對相關人士採取必要的措施，你心裏要有數。」

穆廣意識到事態嚴重了，舉報書中列舉的事情都是真的，如果紀委真的要查的話，他絕對難以全身而退。

穆廣知道紀副書記這時候告訴他這個消息彌足珍貴，這給了他一定的操作空間，便感激地說：「老同學，謝謝了。如果我這次沒事，會有後報的。」

紀副書記說：「你現在就別想別的了，趕緊想辦法處理善後吧。」

紀副書記把電話給掛了，穆廣再也沒有心思辦公了，就把來彙報的那個人三言兩語打發了，打電話給錢總，說要去雲龍山莊有點事情。

錢總說自己就在山莊，讓穆廣過去，穆廣匆忙趕去了雲龍山莊。一見到錢總就說：「找個僻靜的地方，我們談談。」

錢總安排了一間屋子出來，坐定後問：「出什麼事情了？」

穆廣說：「我被人舉報了，上面可能要查我。」

錢總一聽就慌了，說：「舉報什麼了？有沒有我的事？」

穆廣沒好氣的說：「你慌什麼，沒牽涉到你，是跟土地轉讓的事有關。」

錢總鬆了口氣，說：「我這不是替你著急嗎？事情很嚴重嗎？」

穆廣點點頭說：「很嚴重，都是我透過關蓮做的事情，舉報人似乎知道我的根底，舉報出來的東西都是實情。」

錢總看了穆廣一眼，說：「說到關蓮，聽說前幾天丁益為了關蓮還衝到市政府去找你？」

穆廣說：「是有這麼回事，丁益那小子認為我對關蓮做了什麼，所以跑來找我鬧。」

錢總想起關蓮從海川消失的那幾天，穆廣是有些反常行為，便說：「關蓮沒什麼事吧？」

穆廣火大了，說：「你什麼意思啊，關蓮能出什麼事情啊？你也相信丁益那小子的胡說八道啊？也不知道關蓮犯了什麼邪勁，突然跑去北京，把事情鬧得這麼麻煩。」

錢總看了看穆廣，說：「穆副市長的意思，是丁益舉報你的？」

穆廣忿忿地說：「不是他還會有誰啊？」

錢總想了想說：「我覺得不像，舉報你肯定會牽涉到關蓮，難道那小子連他的情人也害？」

穆廣覺得錢總這麼說也有道理，丁益雖然來鬧這一場，可是並沒有證據能夠證明，何況丁益對關蓮又很癡情，應該不會做出不利於關蓮的舉動的。可不是丁益又會是誰呢？

穆廣有些煩躁，他想不出頭緒來，不過，此刻他急於解決的不是誰舉報他的問題，而是如何應付舉報的問題，就說：

「別管是不是丁益舉報的了，現在要緊的是先想想該怎麼應付上面的查處，你幫我通知幾個人，讓他們到這裏來見我。」

「好的，你說名字吧。」錢總應道。

穆廣首先找的就是富業地產的葉富，舉報書中涉及到房地產的事情最多，穆廣就叫錢總把葉富叫了來。

葉富見了穆廣，十分的高興，說：「穆副市長，您找我有什麼吩咐？」

此刻時間是最緊要的，穆廣也不再掩飾什麼了，直截了當地說：「葉總，我相信你也知道你前面的幾個案子都是誰辦的了吧？」

葉富立刻說：「我知道，是穆副市長幫的忙，我十分感謝。」

穆廣說：「現在不是說謝謝的時候，我今天找你來，主要是告訴你，現在事情可能出了點麻煩，有人看我們的合作不順眼，將事情捅到省紀委去了。可能很快就有人會找你瞭解這件事情。」

葉富臉上的笑容僵住了，他來之前沒想到事情會這麼嚴重，看了看穆廣的臉色，說：「省紀委，這麼說很嚴重了？」

穆廣說：「你也別怕，沒什麼大不了的，可能到時候他們找你只是瞭解一下情況罷了。葉總，你知道到時候該怎麼說嗎？」

葉富知道事態嚴重，容不得他說一句錯話，就想了想說：「我想我知道該怎麼說了。」

穆廣看著眼前這個吝嗇出了名的人，說：「那你告訴我要怎麼說？」

葉富笑笑說：「我會說拍到地塊和改變用地性質的事，都是我們公司以正當程序爭取到的，並無任何不法行為，跟穆副市長沒有絲毫關係。」

穆廣很滿意葉富的答覆，這個人是個聰明人，知道保住穆廣才能保住他自己，就點了點頭說：「他們如果沒欣到我，你最後那句話就不要講了，不要讓他們知道我們事先溝通過。」

葉富點頭說：「我明白，如果他們不問，我是不會說的。」

穆廣說：「那如果他們問關鍵公司的事情，你怎麼回答？」

葉富說：「這就簡單了，我們有業務上的合作，我可以提供相關的合同的。」

穆廣很滿意地說：「行，你就記住要這麼回答他們。」

兩人又說了些細節的問題，穆廣確信葉富這邊不會有什麼問題了，這才讓葉富離開。走之前，穆廣還叮囑葉富說：「還有一點你記住，我們今天並沒有見過面，你來雲龍山莊只是跟錢總約好了吃飯的，知道嗎？」

葉富表示記住了，然後匆忙離開了。

其後錢總又把幾個跟舉報信上內容相關的人找了來，穆廣一一跟他們串好了說詞，然後才放他們離開。

最後一個人離開的時候，已經是深夜了，穆廣高度緊張的頭腦這才放鬆了下來，他走到窗戶前面，看向窗外。外面黑漆漆的一片，看不到一顆星星，穆廣心裏有一種風暴就要來了的感覺。

雖然他已經做了萬全的準備，可是，真的沒有一點漏洞？真的能抵禦這一場風暴嗎？穆廣心中沒底，他知道，此刻的他只能是聽天由命了。

雖然穆廣已經跟相關人員做了溝通，可是他也不敢保證這些人都能堅守住秘密；作為官場上的人，最害怕的就是雙規，一旦被雙規之後，他們究竟會說出什麼來，誰也無法保證。一旦其中一個人守不住秘密，那後果就太可怕了。

不行，不能坐以待斃，穆廣覺得不能坐等，還是應該採取一些必要的行動，他決定去齊州一趟，活動一下，從上面把這個案子壓住，不能這麼聽任有關部門就這麼查下去，最起碼也要跟紀委的人溝通好，就算是要查，也儘量讓他們能放過的地方就放過。

這個時候，查辦案子的人的態度是很關鍵的，關係到穆廣的生死。

想到這裏，穆廣便對錢總說：「老錢啊，你能不能幫我調一筆錢過來，我要去齊州一趟。」

錢總說：「行啊，你什麼時候要？」

穆廣說：「越快越好，最好是明天就給我。」

錢總答應說：「可以，我明早就給你辦。」

錢總這麼爽快，讓穆廣有些感動，他拍了拍錢總的肩膀，說：「老錢啊，關鍵時刻，還是你這個老朋友靠得住啊。」

錢總笑了笑說：「別這麼說，我也是希望大家都沒事。」

穆廣就打電話給金達請了假，說自己有事明天一早要去齊州一趟，金達並沒多問，同意了他的請假。

第二天一早，穆廣拿到錢總給他的銀行卡，就直奔省城齊州。

到了上班的時候，他不敢用自己的手機打電話，就找了一個電話亭給紀副書記打了電話，說：「老紀啊，我穆廣，我到省城了，你安排一下，我們見個面。」

紀副書記猶豫了一下，說：「我們這個時候見面不太好吧？」

穆廣說：「這時候你還說這種話？你也不想我出事吧？」

紀副書記沒辦法，只好說：「好啦，我們就見一面吧。」

紀副書記說了一家茶館的名字，讓穆廣去那裏等他。穆廣放下電話，去了茶館，不一會兒，紀副書記就趕了過來。

紀副書記看了看穆廣，說：「你跑來齊州幹什麼？你那邊的事情安排妥當了嗎？」

穆廣說：「該擦得都擦乾淨了，只是我還是有些不放心，覺得必須跟辦這個案子的人溝通一下。老紀啊，能不能把這個案子交給你信得過的人來辦啊？」

紀副書記笑了笑說：「倒不是不可以，這個案子初步決定由監察一室辦理，監察一室的主任徐明跟我關係還不錯。」

穆廣聽了說：「能不能約他出來吃頓飯啊，讓我們見見面。」

紀副書記為難地說：「這有點難度，他在這時候見你不太合適吧？」

穆廣將一張銀行卡推給了紀副書記，說：「我是一定要見他的，你看看能不能安排一下。」

紀副書記微微一笑，不經意的將銀行卡收下了，然後說：「行，我來安排吧。」

「拜託了。」穆廣再三說。

紀副書記說：「你等我電話吧。」

晚上七點，穆廣接到了紀副書記的電話，告訴他一家酒店的地址，讓穆廣馬上去見他。穆廣搭了計程車就去了那家酒店。

到了雅座，紀副書記正和一個四十歲左右的男子講話，看到穆廣進來，笑著站了起來：「來，徐主任，我介紹一個朋友給你認識，這是我的老同學穆廣。老穆啊，這位是我們紀委監察一室的徐明主任。」

徐明上下打量了一下穆廣，也沒問穆廣是做什麼的，只是跟穆廣握了握手，淡淡的說：「紀副書記的朋友就是我的朋友，很高興認識你。」

徐明一開口就說紀副書記的朋友就是我的朋友，技巧的表明了他跟穆廣是來做朋友的，穆廣心裏馬上就有了數，笑著說：「我也很高興認識徐主任。」

紀副書記笑笑說：「客人齊了，來來，我們坐下來，小姐，上酒。」

服務員就端了茅臺，給三人各自倒滿，紀副書記首先端起酒杯，說：「今天很高興能跟兩位坐到一起，我們先乾了這一杯。」

三人就碰了杯，各自一飲而盡。

穆廣從喝酒上看出徐明是個爽快的人，給徐明倒上了酒，然後說：「我們今天能碰到一起，也是一種緣分，來，我敬你一杯。」

徐明跟穆廣碰了杯，笑著說：「是朋友總會遇到的。」說完，把杯中酒喝了。

其後，徐明又回敬了穆廣和紀副書記，至此，什麼事情還沒談，穆廣已經喝了三杯了。

按照他平日的酒量，這三杯酒應該不算什麼，可今天的情形不同，他背著很大的心事，就很怕喝多了誤事，紀副書記再叫他喝的時候，他就有些不太敢喝了。直跟紀副書記說抱歉。

徐明在一旁說：「老穆啊，你別這個樣子嘛，事情沒有你想得那麼嚴重，不就一杯酒嘛，喝醉了又怎麼樣，不是還有我和紀副書記在這裏嘛，我們會照顧你的，放心啦，喝了，喝了。」

穆廣很注意徐明所講的話，徐明這句話中起碼向他透露了兩個訊息，第一個是他被舉報的事情並沒有像他想得那麼嚴重；第二個，徐明是會跟紀副書記一起保他平安的。

穆廣心領神會，便端起酒杯說：「有徐主任這句話在，那我穆廣就豁出去了，乾了。」

穆廣就此放開膽來，接連陪徐明和紀副書記乾了幾杯。

酒宴散席時，徐明喝得有些醉了，紀副書記讓穆廣攙扶徐明上車，穆廣就攙著徐明出了酒店，上了車，趁人不注意的時候，將一張銀行卡塞進了徐明的衣兜裏。

徐明感覺到了，拍了拍穆廣扶他的手，酒意醺醺的說：「老穆，我可沒醉啊，我是心中有數的人，不會有事的。」

紀副書記在一旁笑笑說：「好了，你個醉漢，別說醉話了，趕緊回去休息吧。」

徐明沒再說什麼，坐著車離開了。

留在後面的穆廣和紀副書記互看了對方一眼，紀副書記說：「你要去哪裡？」

穆廣知道剛才徐明是在告訴他，他不會有事的，看來此行齊州的目的已經達到了，此時是風口浪尖，他再留在齊州就有些不太合適了，便說：「我也沒什麼別的事情了，我要連夜趕回海川去。」

紀副書記說：「既然這樣子，我們就各奔東西吧。」

穆廣就找到了自己的車，連夜趕回海川。

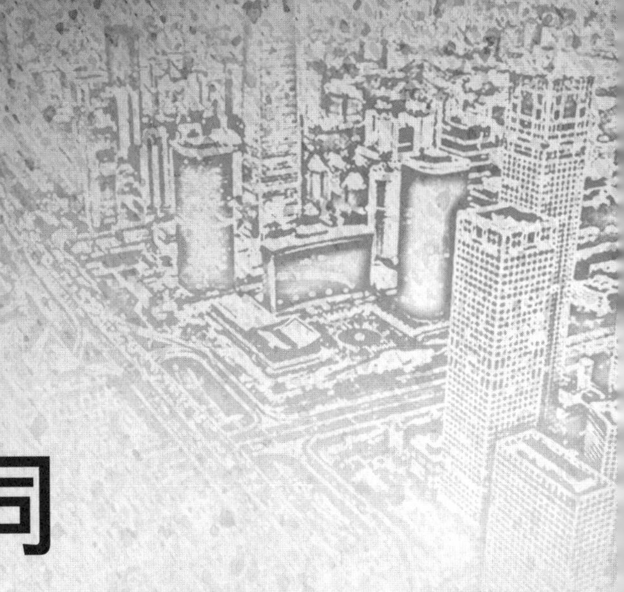

第十章

死胡同

穆廣並不擔心，他跟關蓮一直是單線聯繫，
除了關蓮外，關鍵公司的人並不知道他跟關蓮私下的關係。
果然，關鍵公司的人對關蓮的事情一問三不知，
而處於風暴核心的關蓮又去向不明，對關鍵公司的調查走進了死胡同。

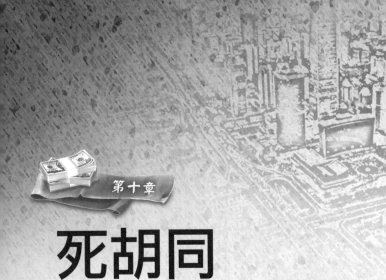

首先被詢問調查的是葉富，他被帶到省裏去了。

舉報信裏面很多事情都涉及到葉富的富業地產，紀委想先從葉富那裏打開缺口。不過葉富早有準備，絕口不提他們公司跟穆廣有什麼瓜葛，堅持說他們公司從來沒找過穆副市長辦過任何事情。

至於關蓮和關鍵公司，葉富也早有準備，他說他跟關鍵公司有業務往來，不過他是看關鍵公司是北京的公司，專業素質比較高，希望借助關鍵公司的諮詢建議，讓他的富業地產能夠上一個檔次。至於舉報信裏說關蓮是在為他做掮客，他聽都沒聽說過這件事情。

葉富被控制起來的這段日子，對穆廣來說是很難熬的，雖然不斷地有消息從紀副書記那裏傳出來，說葉富口風很緊，沒扯出任何人，可是葉富沒被放出來，穆廣懸著的心就放不下來。

關鍵公司的人也被叫去協助調查，這一點穆廣倒是不擔心什麼，他跟關蓮一直是單線聯繫，除了關蓮之外，關鍵公司的人並不知道他跟關蓮私下的關係。

果然，關鍵公司的人對關蓮的事情一問三不知，而處於風暴核心的關蓮又去向不明，對關鍵公司的調查走進了死胡同。

最難熬的一周過去了，紀副書記那邊終於傳出消息，鑑於葉富什麼也沒說，再將葉富關下去，紀委這邊也不好交代，所以準備將葉富先放出來再說。

穆廣聽到這個消息，心裏徹底鬆了一口氣，葉富這個最大的問題解決掉了，他知道這次的難關算是過去了。其他人都是一些枝節上的問題，即使紀委那邊認真調查，也無法調查出什麼的，更何況還有紀副書記和徐明在那邊看著呢。

又過了幾天，葉富被放了出來，穆廣知道這次的危機算是度過了。

葉富出來後，就打電話給穆廣，穆廣看了號碼，知道是葉富，沒敢接，直接按掉了。他感覺這時候不適合再跟葉富有什麼往來。

葉富也沒糾纏，也沒再打電話來，或是上門來跟穆廣邀功，就好像兩人真的沒什麼聯繫似的。穆廣知道這是一個極為聰明的人，做事很知道分寸。

穆廣又去了一次齊州，有些人他必須好好感謝的，這次紀副書記和徐明分別約了他見面。

徐明在一個僻靜的茶館跟他坐了幾分鐘，然後將穆廣送給他的卡收了起來，就跟穆廣分手了。

紀副書記倒是跟穆廣多聊了一會兒，從他的話中，穆廣知道他這次能夠脫身的關鍵是因為關蓮下落不明，找不到關蓮，讓紀委的同志無法將葉富等人跟穆廣扯上干係，調查無法深入下去，只好中止。

最後，紀副書記又叮囑穆廣說：「你還是要多加小心，這件事情並沒有過去，如果關蓮露面了，還不知道事情會往哪個方向發展呢。」

穆廣心裏暗自好笑，他自然知道關蓮永遠都露不了面了，現在的關蓮恐怕早就在海裏餵魚了，他實在沒有什麼好擔心的。

穆廣自然不能跟紀副書記說這些，他便點點頭，說：「我心裏有數了，這次還真的謝謝你了，老同學。」

穆廣也給了紀副書記一張銀行卡，當晚就匆忙趕回海川。

在回海川的路上，穆廣臉上露出了久違的笑容，漫天的陰霾都散了，他的心情徹底地放鬆下來。

這段時間，丁益也在關注著穆廣的動態，在葉富被帶走被調查的時候，丁益高興了一陣子，他以為葉富被調查，肯定會把穆廣牽扯出來，關蓮的事就會水落石出了，那時候他就會知道關蓮到底是死是活了。

丁益並不清楚是誰舉報了穆廣，據他猜測，可能是穆廣得罪的其他人舉報的，這也算是穆廣多行不義必自斃應有的下場吧。

但是事態的發展讓丁益很快就失望了，事態並沒有按照他的想像往前推進，葉富絲毫沒有牽涉到穆廣，弄得官方最後也只好把葉富放了出來。

丁益不能接受這樣的結果，他始終牽掛著關蓮的死活，現在官方不再繼續調查下去，他可不能就這麼算了，他要自己追查下去。

丁益記起自己向穆廣詢問關蓮父母的情況時，穆廣頓時惱羞成怒，直接跟自己翻臉，將自己趕了出來，為什麼穆廣會這麼緊張關蓮父母的事呢？肯定這裏面有穆廣什麼見不得人的秘密，從這個方向查下去，也許就能揭露穆廣的真實面目。

可是丁益對關蓮個人的情況知之甚少，他並不知道關蓮來自何方，甚至也不清楚關蓮住在什麼地方，有些不知道該從何入手。

不過，關蓮既然在北京註冊過公司，註冊資料中肯定用過她的身分證，讓傅華在北京幫自己查一下關鍵公司的註冊資料，不就有線索了嗎？

當丁益拜託傅華查閱關鍵公司的工商註冊資料時，傅華就清楚丁益還是放不下關蓮，心裡對是否要幫忙丁益猶豫了一下。

一來，他不願意丁益繼續再跟關蓮糾纏下去，所以不想幫丁益找到關蓮，丁益和關蓮的這段孽緣亦不被丁益的朋友和家人所接受，因此還不如根本就不要找到比較好。

二來，尋找關蓮是犯了穆廣忌諱的事，他認為穆廣絕不願意丁益插手管這段閒事。上次好不容易穆廣來北京時露出求和的表示，他更不願意做什麼破壞彼此關係的事。

傅華無奈地說：「老弟啊，這件事你還沒放下來啊？」

丁益執著地說：「我總覺得關蓮是出事了，我想到她家裏看看有沒有什麼線索。」

傅華勸阻道：「叫我說算了吧，她已經跟你說她不想跟你在一起了，你再糾纏下去，有意思嗎？就算你找到她了又能怎麼樣？我覺得你為她所做的已經夠多的，對得起她了，你就不要再摻合這件事情了，好嗎？」

丁益解釋說：「傅哥，你要我說多少次你才明白啊？這不是我還要繼續跟關蓮有什麼感情糾葛的事，我是說關蓮出了意外，她可能真的被穆廣給殺害了。」

雖然丁益一直強調關蓮可能被穆廣給殺害了，可是傅華根本就不相信會有這種可能，畢竟殺一個人不是件簡單的事情，再是，傅華怎麼能相信一個市領導竟會做出這種鋌而走險的犯罪行為呢？

傅華就更不想幫這個忙了，他認為丁益為了關蓮已經逐漸失去理智了，就說：「丁益啊，你別說這麼幼稚的話了，你年紀也不小了，做事也該多想一下，我聽說你還跑去市政府跟穆廣理論？你是昏了頭吧，這種事情你也做得出來，丁董沒為這個罵你嗎？」

丁益苦笑說：「我爸是臭罵了我一頓，不過傅哥，這個忙你一定要幫我，沒有關蓮確切的消息，我始終放不下心來。」

傅華問：「我如果說不幫呢？」

丁益說：「沒辦法，那我只好自己跑一趟北京了，現在工商資料交錢就可以查閱，我自己去北京也能辦的。」

傅華想想也是，就說：「好了，算我怕你了，就去幫你查一查吧。哎，我才剛度完蜜月，你就給我找這種麻煩。」

丁益高興地說：「謝謝你了，傅哥，如果找到什麼線索，回頭我去北京專門請你客。」

傅華就去工商局，將關鍵公司的工商註冊資料複印了一份出來，寄給丁益。

丁益拿到資料後，仔細認真地翻閱了一遍，這裏面有用的資料很少，除了關蓮的身分證影本之外，丁益找不到別的可用的資訊。

不過有身分證就夠了，丁益覺得只要根據身分證，他就可以找到關蓮的家人。於是他按身分證上登記的地址，找到了關蓮的老家，想要問一問有沒有人認識關蓮或者關蓮的家人。

結果大出丁益的意料之外，他問遍了整個村，竟然沒有一個人知道關蓮這個人，更別說認識什麼關蓮的家人了。甚至有村人信誓旦旦的說，這個村根本就沒有姓關的人家。

丁益越發感覺蹊蹺，就到當地派出所想確認關蓮身分證的真假並查詢關蓮的戶籍資料。結果派出所說，關蓮的身分證應該是真的，可是相關的戶籍資料因為涉及私人隱私，不能提供給丁益。

事情又走進了死胡同。

丁益不甘心就這麼失敗，又透過朋友找了當地公安局一位姓周的副局長，讓周副局長幫他看看關蓮的戶籍資料中，有沒有什麼辦法可以找到關蓮的父母。

周副局長去公安局戶籍科查詢之後，竟然找不到關蓮的戶籍資料，戶籍科的解釋是說局裏曾經發生過火災，遺失了一些戶籍資料，可能關蓮的資料便在其中。事已至此，周副局長也沒辦法，只好跟丁益說抱歉了。

丁益徹底傻眼了，連最後一條路也被堵死了。

丁益仍不死心，問道：「周副局長，資料遺失倒還可以解釋，但為什麼按身分證登記的地址，竟然絲毫找不到關蓮的一點線索呢？」

周副局長笑了笑說：「這很簡單啊，現在人口流動的這麼快，有些人可能只是戶口遷過來登記一下，根本就不曾在那個村子住過，當然你到那個村子就找不到有人認識他了。又或者，根本就是有人幫這個關蓮製造了第二個身分出來。」

丁益一聽，不禁愣住了，說：「還會有第二個身分？」

周副局長說：「是啊，我們這裏前些年管理並不嚴格，有人就鑽空子花錢辦了第二個不同於原來的身分。」

丁益苦笑說：「這也可以啊？」

周副局長不以為然的說：「這有什麼不可以的，任何制度都是有漏洞的。」
查到這裏，丁益已經無法再查下去了，他只好滿心失望的回到海川。
與此同時，也有人將丁益下鄉調查關蓮的情形通知了穆廣。
這個人就是當地君和縣公安局的局長段康，君和縣是穆廣之前做縣委書記的地方，段康是他一手提拔起來的。
段康打電話給穆廣，他還以穆廣原來的職務稱呼他，說：「穆書記，有件事我想跟你報告一下，你還記得前些時間你讓我辦一個女人身分證的事情嗎？就是那個叫做關蓮的。」
段康提起關蓮，讓穆廣這些天已經稍微放下的心一下子又懸了起來，急聲問道：「記得啊，怎麼了？出什麼岔子了嗎？」
段康說：「倒沒什麼，只是有人來君和縣查這個人的情況了。」
穆廣問：「什麼人啊？」
段康說：「是一個叫做丁益的人，他一直在查問關蓮的家人在哪裡。」
穆廣急說：「那你就讓他隨便查啊？」
段康說：「我們沒讓他查，只是局裏的周副局長私下幫他找了戶籍科。」

「那你們戶籍科是怎麼答覆他的？」穆廣著急問道。

段康說：「戶籍科說前些時間局裏失火，遺失了一些戶籍資料，所以找不到相關的資料。」

穆廣鬆了口氣，這說明丁益並沒有找到什麼有用的線索，他說：「沒讓他查到就好。老段啊，你也清楚這個關蓮的戶籍是怎麼回事，你怎麼還讓你們那個周副局長去查啊？萬一查出問題，你就沒責任嗎？」

段康說：「是我疏忽了，周副局長調查的時候，我人正在外面，戶籍科長不好擋副局長。」

穆廣故意挑撥說：「老段啊，你這個做局長的，應該能掌控得住局裏的局面吧？一個副局長這麼做是什麼意思啊？他是不是想針對你啊？」

段康聽了，說：「他敢！回頭我會警告他的，讓他別瞎管閒事，否則就把他趕出公安局。」

穆廣正是希望段康這麼做，便笑笑說：「這才像個局長的樣子嘛！回頭你把關蓮的戶籍資料收好，別留什麼漏洞給人鑽，知道嗎？」

段康見穆廣說得這麼嚴重，心中有些犯疑，說：「我會處理好的，不過，穆書記，是不是這個人犯了什麼事情啊？不然的話，怎麼會有人來查她呢？」

穆廣說：「別瞎猜，我安排的人能犯什麼事啊？你放心吧，我還能害你嗎？」

段康說：「穆書記當然不會害我了，好吧，我會把事情做好的。」

穆廣就掛了電話。

掛上電話後，穆廣好容易平靜些的心情又開始煩躁起來，他開始大罵丁益，丁益這個混蛋究竟想要幹什麼？難道一定要置自己於死地才可以嗎？真當我穆廣是好欺負的啊？

在被穆廣調查這段時間，丁益並沒有跳出來鬧什麼事情，平靜了一段時間，穆廣還以為丁益已經不再追究關蓮這件事了，沒想到丁益並沒善罷甘休，而是在私下繼續調查關蓮的情況。

難怪前幾天林東彙報說傅華從北京寄了一份關鍵公司的工商資料給丁益，要穆廣注意丁益可能有其他小動作。當時穆廣還沒覺得什麼，原來他根本是想找到自己最弱的一環，然後伺機給自己致命的一擊啊。

這個丁益實在是居心叵測啊，原來他並沒有這麼聰明啊，怎麼突然想到要去調查關蓮的身分呢？不用說，一定又是傅華提醒他的，那份關鍵公司的資料不就是傅華寄給丁益的嗎？

媽的，怎麼哪裡都有這個傅華的事啊，因為關蓮的事，原本沒有了跟傅華鬥的心勁，沒想到自己偃旗息鼓了，傅華卻沒有為此放過自己啊，枉費自己上次在北京還祝福他們夫妻呢？

穆廣知道，對敵人仁慈，就是對自己殘忍，現在既然傅華想要鬥下去，自己也沒理由不奉陪，再說，自己再怎樣也是一個副市長，如果玩不過一個小小的駐京辦主任，那就太丟人現眼了。

傅華，你小心點吧，最好別露出什麼破綻被我抓住，否則我會讓你知道我穆廣手段的。

傅華暫時還沒有什麼把柄被穆廣抓住，因此穆廣對傅華的恨意只好暫時隱忍著，可是對丁益就不需要這樣子了，他有太多的手段可以用來對付天和房產了。穆廣決定要開始絕地反擊。

穆廣先在一次地稅局向他彙報稅款徵收的情況時，嚴厲批評了地稅局長稅款徵收不力，特別是對市裏一些繳稅大戶沒有嚴格按照稅法的規定徵收稅款，致使沒有按期完成任務。

地稅局長為自己辯解時，穆廣毫不客氣的說：

「你不要為自己狡辯了，你以為你跟這些繳稅大戶們來往密切我不知道嗎？特別是那個天和房地產公司的丁江，你們三天兩頭在一起，私下還不知道有多少的貓膩呢？我跟你說，你可要想清楚，你這個局長可是為政府服務，不是為某些大款服務的，你可要站穩自己的腳跟。」

地稅局長跟丁江確實是好朋友，也的確在某些程度上給了天和房產一些優惠，穆廣這麼一說，就心虛了起來，加上穆廣最近跟丁益的衝突，他知道穆廣是想針對天和房地產公司下手了。

地稅局長還想為自己辯護，說：「穆副市長，您誤會了，我是有時候跟一些公司的老闆走得很近，不過那也是為了我們徵稅的方便，我並沒有忘記自己是政務官，絕沒有用稅款來跟某些老闆套交情。」

穆廣笑笑說：「好，我相信你，不過，你也要拿出具體行動給我看看，現在稅款還有這麼大一個缺口，你跟我說怎麼辦吧？」

地稅局長立刻說：「我會去加緊徵收的。」

穆廣教訓說：「光加緊徵收是不行的，我要你們展開一次稅務大稽查，嚴厲懲處逃漏稅的行為，尤其是對一些重點企業一定要特別稽查，你明白嗎？」

地稅局長無法不去遵守這個命令，只好回去就進行對天和房地產公司為首的幾個繳稅大戶的稅務稽查行動。

現在的公司和官員基本上是一樣的，不查的話，哪一家都是優良企業、優良員工，可一經細查的話，各種問題馬上就出來了。

丁江原以為這次稅務稽查只是走走過場而已，並沒太過重視，何況稅務局長是他的老朋友，溝通一下就沒事了。哪知道這次的稽查是玩真的，馬上暴露出「天和」漏繳了一筆五百萬的稅款。

地稅部門毫不客氣的立刻給「天和」開具了罰單，不但要天和公司把漏繳的稅款補繳上去，還加了一筆巨額罰款。

丁江看到這個處罰，這才著急了，趕緊找到了地稅局長，埋怨說：「你這麼做就不夠意思了吧？我們哪是漏稅，是會計記賬科目記錯了才漏繳的，你讓我們補繳不就行了嗎？還要罰我這麼大一筆錢，太不夠意思了吧？」

地稅局長看看丁江，笑笑說：「老丁啊，你不會以為是我要針對你們天和公司的吧？」

丁江愣了一下，隨即明白原來是穆廣為報復丁益才這麼做的。沒想到他的報復行動這麼快就來了。

地稅局長看丁江不說話，知道丁江已經明白不是自己在針對他了，苦笑說：「丁董啊，這個罰單已經在我的許可權範圍內給你降到最低了，我們這麼多年的老朋友，我也不想這麼做的，可是誰讓令公子鬧了那麼一齣呢，我也是被逼無奈啊。」

丁江嘆了口氣，知道這次的損失是難以避免了，便跟地稅局長道了聲謝，離開了。

北京，海川大廈，傅華的辦公室。

傅華拿著電話一臉的鬱悶，電話的另一頭，穆廣正在嚴厲的批評他。

穆廣是因為海川重機重組的事還沒進展而大發雷霆的，因為重組案一直沒有獲得證監會的批准，利得集團後續的資金就不敢投入，海川重機又陷入了資金枯竭的境地再度停產。

工人們拿不到應有的工資，把海川市政府給圍住了，穆廣跟工人解釋了半天，工人都不聽，只說要等工資吃飯，沒工資，副市長說什麼都是枉然。最後逼著穆廣不得不請示金達，動用了財政資金給工人們發了一部分工資，這場抗爭才算解除。

工人們的圍困雖然解除了，可是穆廣心中的火氣卻沒有消除，他把受到的所有的氣，全部都發洩在傅華頭上，批評傅華工作消極，不負責任，一件重組案竟然可以拖這麼久都解決不了，簡直是拿市政府的工作當兒戲，如果傅華繼續這樣下去的話，他會提請市政府考慮他這個駐京辦主任是否稱職等等。

關於海川重機重組無法繼續下去的事情，傅華已跟金達做過解釋，金達也接受了解釋，並且叫他不要因為著急而把事情辦壞了。現在穆廣還來指責，傅華知道這根本是穆廣在借題發揮，發洩對自己的不滿。

此外，天和房地產公司被罰了一大筆稅款的事，也已經傳到傅華的耳裏，傅華直覺上就認為這件事情跟穆廣有關，一定是丁益惹惱了穆廣，穆廣才對丁益家族展開報復的。

傅華打電話給丁益，丁益苦笑說：「傅哥，被你猜中了，這件事果然是穆廣在背後搞的鬼，是他逼地稅局長來查我們天和公司的，我被我爸痛罵了一頓，說我不知檢點，去玩穆廣的女人，才惹到穆廣報復。」

傅華說：「你們家老爺子也真是的，事情已經這樣子了，罵你幹什麼。」

丁益憂心忡忡的說：「這不怪我爸，他是擔心穆廣找稅務查稅僅僅是一個開始，後面的報復會更惡毒。他在海川打拼了這麼多年，好不容易才有今天這個局面，現在就要毀在我手裏，他自然不會高興了。傅哥，我現在真後悔當初沒聽你的話，要是當初不去招惹關蓮，可能就沒這麼多事了。」

傅華勸慰說：「你別這麼懊惱了，感情的事是很難說的，我那麼勸你，是因為我是站在局外人的立場上，可以客觀理智地思考問題。如果換了是我處在你的境地，我也無法說我會做怎麼樣的選擇，畢竟感情本身就不是一個理智的東西。誒，你拿了關鍵公司的資料去查了嗎？」

丁益更是嘆氣說：「我去找了，沒找到任何線索，我按關蓮身分證上登記的住址去找，結果那個村子裏竟然沒有一個人知道關蓮這家人，甚至那個村子根本就沒有姓關的。」

傅華也愣住了，他沒想到會是這樣子的結果，說：「沒這個人？怎麼可能呢？」

丁益說：「事情就是這麼詭異，後來我又去公安部查了戶籍資料，結果你猜怎麼樣？關蓮的戶籍資料竟然丟失了，事情又走進死胡同了。」

傅華說：「那她的身分證也是假的了？」

丁益說：「不是，公安部門證實身分證倒是真的，的確是當地的公安機關發出來的。你說事情怪不怪吧？沒有戶籍資料，倒有身分證。」

傅華沉思了一會兒，既然身分證是真的，那說明關蓮的戶籍資料的確是存在的，那會是什麼原因或是什麼人讓關蓮的戶籍資料消失不見了呢？

看來這裏面一定有鬼！

難道就像關蓮跑到北京來開公司一樣，關蓮這個名字也是一種掩護身分的行徑嗎？很可能啊。若是這樣，那就說明關蓮是個假名，她還有另一個身分，那才是她原本真實的身分。當初吳雯、孫瑩不都是為了掩飾自己的身分，而用假名在仙境夜總會做紅牌小姐的嗎？

傅華便說：「老弟，其實我倒不覺得這件事情走進了死胡同，反而覺得你可能越來越逼近真相了。」

丁益不解地說：「怎麼說？」

傅華說：「我覺得關蓮也許是個假名，穆廣曾經做過很長一段時間的縣委書記，我想他要幫某人做一個假的身分出來，是輕而易舉的。」

丁益恍然大悟說：「對呀，那邊的公安也跟我說，關蓮的身分證很可能是別人幫她弄出來的。不過，就算知道了也沒用啊，我又不知道她的真名，就更不知道要從何找起了。」

傅華說：「你別急，這個關蓮總不會是憑空冒出來的吧？她既然不是君和縣的人，那她總有某個機緣才遇到穆廣的吧？你認真想一想，你跟關蓮交往的時候，她有沒有在你面前提到過她以前的事？好比她以前是做什麼的？」

丁益想了想說：「還真是沒有啊，我到現在連她究竟住在哪裡都不清楚。」

傅華苦笑說：「不會吧，這個可是你喜歡到捨不得放棄的女人啊，你怎麼能連她住在哪兒都不清楚呢？」

丁益有些不好意思地說：「傅哥，不怕你笑話，我跟關蓮在一起的時候，大多是在床上，關蓮對她自己的事是諱莫如深，我就更無法知道她的情況了。現在想想也挺害怕的，我竟然跟一個有這麼多秘密的女人上床這麼久，真是昏了頭了。」

傅華笑說：「不是都說愛情是盲目的嗎？」

丁益嘆了口氣，說：「傅哥你不要笑我了，是我自己做事愚蠢而已，鬧到現在不但找不到關蓮，還連累了天和公司。」

傅華笑笑說：「你別這麼沮喪了，我相信關蓮的事總會有水落石出的一天的。你耐心一點吧。」

丁益說：「我現在不耐心也不行了，不過，不知道穆廣下一步會怎麼對付我們天和公司，唉，現在公司被我搞得這麼被動，我真是不知道該怎麼辦才好。」

傅華說：「別太擔心了，做什麼事情小心些就好了。你們家老爺子也是久經風浪的，應該可以應付得了的。」

丁益說：「但願吧。傅哥，你也要小心些，穆廣既然已經知道關蓮的事是你告訴我的，他就不可能不遷怒於你，小心他對你不利啊。」

傅華聽了說：「我會小心應對的。」

言猶在耳，穆廣就已經找上門來了。

劈頭蓋臉的罵了一通之後，穆廣總算是把心中的火氣發洩得差不多了，傅華趁他停歇的時候，插話說：「穆副市長，您批評的對，一會兒我馬上就去頂峰證券把您的指示轉達給他們。」

穆廣知道傅華是在敷衍他，不過總算借機罵了傅華一通，心中的惡氣消了不小，就冷笑一聲說：「傅主任啊，不要我一說你，你就好好、是是是的，你轉達我的指示有什麼用處？頂峰證券能照我的指示去做嗎？」

傅華說：「我不是那個意思，我是說我會加緊督促他們趕快辦理的。」

穆廣說：「哼，你最好是趕緊把這件事情處理了，我們市政府考核工作人員，可是要看工作成績，不是說幾句空話就能糊弄過去的。你不要覺得市裏有人護著你，你就可以無所事事的尸位素餐！告訴你，做不出成績來，市政府這邊會該怎麼處理怎麼處理的，到時候，天王老子也護不了你的。」

穆廣說完，就啪的把電話給掛了。

傅華無奈地嘆了口氣，穆廣跟他友好的短暫局面就這麼徹底破局了。有這麼一位上司在，他以後的日子肯定不會好過了。

這時，有人敲辦公室的門，傅華喊了聲進來，一個四十多歲的男人走了進來。

看到這個男人，傅華立時笑著迎過去跟來人握手，說：「方叔叔什麼時間來北京了？」

原來來的是方蘇的父親方山。

此刻的方山跟當初傅華剛見到他的時候，可是大大不一樣了，氣色紅潤，昂首挺胸，當初臉上的那種鬱鬱之色完全不見了，又恢復了一個當老闆的自信。

方山跟傅華握了手，說：「我一到北京，聽說傅主任已經大婚，就趕緊趕過來給您道喜了。」

傅華高興地說：「叔叔您真是太客氣了，來，坐。」

方山和傅華一起到沙發上坐了下來，傅華給方山倒了水，問道：「叔叔，您這次來北京是做什麼？」

方山說：「來見幾個客戶，順便看看女兒，是方蘇告訴我您結婚的消息的，傅主任，您這就不應該了，結婚也不讓我跟著喝杯喜酒，不夠意思啊。」

傅華說：「對不起，主要是我太太那邊不想太鋪張，所以除了北京幾個就近的親友，我們沒有邀請別的人。」

傅華沒有邀請方蘇參加婚禮，自然是怕鄭莉感到難堪；同樣，他也沒有邀請曉菲。

方山笑笑說：「我知道傅主任做事低調，可是您對我們方家是有大恩的，你總要給我們一個表示的機會才對。其實有件事情說出來，怕你說我方山臉皮厚，當初我還以為方蘇能夠有幸跟您在一起呢。」

方山這麼說是在為女兒抱屈，方蘇告訴他傅華結婚的消息時，神情是鬱鬱寡歡的，顯見方蘇對傅華結婚是很失意的。

傅華笑了笑說：「叔叔，您不要這麼說，不是方蘇不好，只是方蘇年紀比我小很多，我一向是當她做朋友的。」

方山笑笑說：「傅主任，您別誤會，我可沒抱怨的意思，這只是我當初的一點誤會。」

傅華有些尷尬，不想再談這個話題，便說：「我看叔叔又恢復了往日的神采，看來是紡織廠經營的不錯啊。」

方山點點頭說：「經過這段時間的調整，原來的老客戶都回來了，還發展了一些新的客戶，這方面，方蘇在北京也幫了我不少忙，這一次北京的客戶就是她幫我聯繫的。所以我們廠比以往更興旺了。」

傅華聽了也很高興，說：「恭喜了，叔叔也是因禍得福啊，不但拿回工廠，方蘇也長大了，可以幫上你的忙了。對了，常志沒有再找你們的麻煩吧？」

方山搖搖頭說：「沒有，檢察院撤銷案子後，常志基本上跟我們是井水不犯河水，相安無事了。」

傅華說：「那就好，這樣叔叔你也可以放心發展你的事業了。」

方山點點頭說：「是啊，以後工廠會發展得更好的。好了，不說這些了，差點忘了我來找傅主任的本意了。傅主任，這是我送你的結婚禮物。」說著，方山拿出了六疊百元人民幣，放到了傅華的面前。

傅華張口就要拒絕，方山卻搶先說：「傅主任，您先讓我把話說完。我知道您不缺錢花，說實在的，這六萬塊錢也不算什麼錢，只是表示我們全家的一點心意而已，你可不准不收啊？你不收，可讓我方山一點面子都沒有了。」

傅華笑了起來，說：「這是叔叔您送我的結婚禮物，我不會不收的。」

方山笑說：「我就知道傅主任是個爽快磊落的人，不會玩那些推來搡去的小家子氣。」

傅華就拿起其中一疊錢，從中抽了六張出來，然後說：「那我就收下叔叔的吉言了，你是當官的，我送你六這個數字，是希望你仕途一路順暢的意思。」

方山急說：「你不能這個樣子啊，我拿出來的錢怎麼還能收回去呢？」

傅華笑笑說：「叔叔，您不會認為我和你們方家的關係只有錢才能表達的吧？那樣也太俗氣了，我覺得我們是很好的朋友，朋友是不需要這樣子的。」

方山沒辦法了，只好說：「是我把事情弄俗氣了，好吧，我收回就是了。」

方山跟傅華聊到中午，兩人就在海川大廈一起吃了午餐。

等傅華送走方山，回到辦公室，看看到了下午上班時間，就打電話給談紅。

談紅接了電話，立刻就說：「傅華，你如果是想談海川重機的重組審批，就請免開尊口吧。」

傅華笑說：「你怎麼這麼肯定我一定是要談海川重機呢？」

談紅笑了笑說：「現在你找我除了公事，還會有私事嗎？」

傅華說：「我們怎麼就不能談私事了，也許我想問一問你最近好不好呢？」

談紅冷笑一聲，說：「你問我好不好幹什麼？閒著沒事拿我消遣嗎？」

傅華說：「怎麼了，我們是朋友，彼此問候一下不行啊？」

談紅不屑的哼了一聲，說：「我們算是朋友嗎？你連婚禮都不邀請我，根本就沒把我當做朋友。」

原來談紅是為了這件事不高興啊，傅華說：「不好意思，鄭莉希望婚禮低調些，所以我們只是小範圍的請了客。」

談紅說：「這麼說，我不算你小範圍內的人了？」

傅華不知道該怎麼說了。說不算的話，顯得跟談紅很疏離；可是說算吧，明明結婚就沒請她，而且似乎有些曖昧了。

談紅笑笑說：「怎麼不說話了，無話可說了吧？什麼小範圍啊，不過是藉口而已。傅華，我知道你是怎麼想的，你是怕請我，鄭莉會吃醋才是真的。我生氣是因為到今時今日，對你，我已經沒那種想法了，我只是覺得可以跟你們夫妻做朋友，你們不請我，顯然是沒拿我當朋友。」

談紅的埋怨不是沒有道理，傅華也覺得沒邀請她參加婚禮，禮數是有些不夠周到，畢竟他和談紅彼此相處的還很不錯，他腦子裏轉了一下，便說：「是這樣的，有些朋友我們是準備結婚後單獨請的，比如你談大經理啦。」

談紅愣了一下，說：「原來你打來電話是想請我吃飯啊？」

這時候，傅華當然不會傻到承認自己打電話是為了海川重機的事，便笑笑說：「當然了。」

談紅這才滿意地說：「那你怎麼不早說？」

傅華說：「你讓我有機會說了嗎？」

談紅笑笑說：「不好意思，是我話說急了一點。」

傅華說：「那你可以告訴我什麼時間有空嗎？」

談紅想了想說：「我今天晚上有安排了，明天行不行？」

傅華說：「行啊，怎麼不行，那就明天，到時候我和鄭莉一起去接你。」

談紅說：「好的。」

傅華趕緊問說：「對了，既然你提起了海川重機重組，是不是還沒有進展啊？」

談紅嘆了口氣，說：「對，證監會目前對這件事還是冷處理狀態，別說它了，說起來心情馬上就很差了。」

傅華本也沒指望有什麼進展，就說：「好，不說就不說吧，掛了。」

談紅掛了電話，傅華放下話筒，嘆了口氣，海川重機重組這個案子還真是個麻煩，這麼久都得不到解決，老這樣子下去也不是個辦法。

傅華正在想著對策，又有人敲門，沒想到竟是曲煒走了進來。

傅華愣了一下，連忙迎上前去，說：「您怎麼來了？什麼時間到北京來的？怎麼也不跟我說一聲，好讓我去接您呢？」

曲煒跟傅華握了握手，笑說：「你開口就這麼一大堆問題，我該先回答你哪個啊？」

傅華是見到曲煒，心中油然而起一種親切感，不覺就問出了這麼多問題，於是笑笑說：「先別管這麼多了，您請坐。」

傅華給曲煒倒上了水，然後問道：「您這次怎麼到北京來了？」

曲煒回說：「我是跟呂紀省長一起來的。呂省長下午要去見一位朋友，不需要我陪著他，我有了點空，就想過來看看你了。傅華啊，你結婚了也不邀請我來參加婚禮啊？」

傅華趕忙解釋說：「不是我不想通知您，只是我知道您可能最近挺忙的，就不好再用這點小事麻煩你了。」

傅華原是想邀請曲煒來北京參加婚禮的，不過他風聞曲煒在升任省政府秘書長的過程中，遇到了一點波折，就不好在這時候去打攪他，於是就沒通知曲煒。

東海省政府原來的秘書長前段時間到年齡退休，新任的人選一直懸而未決，東海政壇上都在盛傳省委書記和省長呂紀都推薦曲煒接替這個位置，但是報到了中組部，卻遭到了中組部的領導質疑，問題似乎還卡在曲煒當初跟王妍的那段事上，曲煒的這個政治污點，讓中組部的領導對他產生了某種程度上的懷疑。曲煒和呂紀省長來北京，八成也是為這個而來的。

曲煒說：「那你就不想讓我見見你的新娘子了？」

傅華說：「那當然不會了，我過段時間帶她專程去省裏看您。」

曲煒笑笑說：「傅華，人生真是很奇妙啊，誰會想到當初那個跟著鄭老回鄉的小姑娘，今天竟然成了你的妻子，我記得她當時對你還不太友善呢。」

傅華說：「也許這就緣分吧。」

曲煒從衣袋中拿出一個紅包，說：「這個給你，祝福你們夫妻白頭到老。」

傅華雙手接了過來，說：「謝謝您了。您今晚還有活動嗎？」

曲煒搖搖頭說：「呂省長讓我晚上自由活動，你想幹什麼？」

傅華說：「我想跟鄭莉一起請您吃頓飯。」

曲煒高興地說：「好哇，誒，鄭莉會煮飯嗎？」

傅華說：「會一點。」

曲煒笑說：「如果能去你家，讓她親手煮給我吃，我會更高興的。你也知道，天天在外面吃飯，山珍海味也吃得沒滋味了，還不如吃點家常菜。」

傅華跟著曲煒在一起工作了八年，他對傅華一直愛護有加，兩人可以說是親如父子，曲煒想去家裏看看，傅華當然十分的歡迎，便說：「好哇，我打電話給鄭莉，讓她回去準備。」

曲煒說：「行，不過你告訴她，不要特地準備什麼，炒點白菜什麼的就行了，我現在覺得魚翅鮑魚都沒什麼好吃的，反而很想吃些醋溜白菜之類的家常小菜。」

傅華說：「行，那我跟她說。」

傅華就打電話給鄭莉，說曲煒要來家裏吃飯的事情，鄭莉也知道曲煒跟傅華之間的感情很深，不敢怠慢，跟傅華說她馬上就回去準備。

講完電話，傅華又坐到了曲煒旁邊，曲煒看看傅華，說：「最近工作怎麼樣啊？我進門的時候，怎麼看你眉頭皺著，一副煩惱的樣子？」

傅華說：「工作上遇到了點麻煩事，海川重機您還記得嗎？」

曲煒說：「記得啊，你們不是在搞這個公司的重組嗎？」

傅華說：「對啊，現在麻煩的是重組案一直批不下來，剛剛我又被市裏面罵了一頓，這個工作不好做啊。」

曲煒問：「是金達市長？」

傅華搖搖頭：「不是他，金市長那邊我跟他解釋過了，他知道我的難處。罵我的是穆廣副市長。」

曲煒笑了，說：「奇怪了，你們市長沒事，怎麼副市長反而跳了出來？」

傅華苦笑說：「他罵我不是因為這件事情，是我在別的事情上得罪了他，他借題發揮而已。」

曲煒納悶地說：「什麼事情啊？」

「這事說起來就複雜了，是我知道了他一些不為人知的秘密，碰巧我一個好朋友牽涉到這件秘密當中，我出於好心，警告了朋友一下，但我那個朋友口風不密，事情就傳到了穆廣的耳朵裏。」傅華解釋道。

曲煒聽了，笑說：「是夠複雜的。」

傅華說：「是啊。我看您心情不錯，是不是這一次事情辦得很順利啊？」

曲煒搖搖頭說：「你大概猜到我來北京是幹什麼的吧？其實並不太順利，不過我並沒有太拿這件事當回事。倒是呂省長對此很重視，是他堅持要帶我來北京運作一下的。我個人倒覺得現在的狀態也挺好的，就算不能再上一步，我也無所謂。」

傅華在心中有些為曲煒抱屈，以曲煒的能力，如果沒王妍這件事的話，他可能早就走上副省級領導這層臺階了，現在有私人問題的領導有的是，問題也比曲煒大得太多，可是他們都順利的得到了升遷，偏偏曲煒這點瑕疵被人緊揪住不放，真不知道上面的領導們是怎麼想的。

曲煒灑脫地說：「我現在無所謂了，盡人事，聽天命吧。」

晚上，傅華帶曲煒回家，鄭莉已經做好一桌子的飯菜了，看到兩人回來，招呼著說：「曲市長，飯已經做好了，邊吃邊聊吧。」

曲煒看著豐盛的一桌子菜，對鄭莉說：「沒想到你還這麼能幹啊，傅華真有福氣。」

鄭莉笑笑說：「曲市長就先別誇我了，先坐下來嘗嘗，合您口味了再表揚我。」

曲煒高興地坐了下來，一筷子就夾向了鄭莉做的醋溜白菜，開始品嘗起來。

鄭莉在一旁緊張的看著曲煒臉上的表情，問道：「您覺得怎麼樣？」

曲煒點點頭，說：「口味地道，很有功力啊。」

鄭莉聽了十分高興，說：「曲市長您真是行家，這菜是我奶奶教我的。」

曲煒笑說：「那就對了，這菜很有一種傳統的家常味道。」

鄭莉得意地看了看傅華，說：「現在知道我的厲害了吧？」

傅華笑說：「好了，不要人家誇誇你，就把尾巴翹到天上去了。」

三人開了瓶紅酒，開心的閒聊著。

吃完晚餐，鄭莉把曲煒請到客廳坐下，幫他泡了杯龍井，又切了盤水果過來，讓傅華陪著曲煒聊天，洗碗去了。

曲煒看著在廚房裏忙碌的鄭莉，說：「傅華，我覺得你這次娶的比上次好得多了，娶妻求賢慧，鄭莉比趙婷可賢慧多了。」

傅華笑笑說：「是啊，鄭莉確實更適合我。」

曲煒說：「對了，下午你跟我說，你知道了穆廣不為人知的秘密，是不是跟他這次被舉報有關啊？」

傅華訝異地說：「他被舉報的事您也清楚？」

「那件事是省紀委處理的，郭奎書記和呂紀省長討論過，當時我也在場。」曲煒說。

傅華說：「您提起這件事，我正好想要問你，省紀委這一次是怎麼回事啊？怎麼查了半天，卻不了了之了？」

曲煒笑笑說：「這你不能怪他們，穆廣總是一個地級市的副市長，查辦他總是要非常謹慎的。郭奎書記和呂紀省長都認為必須掌握了充分的證據，才能對穆廣採取措施。但省紀委的調查一開始就陷入了僵局，原本以為找到富業地產的葉富就可以打開突破口，哪知道這個葉富什麼都不說，省紀委又不能沒有什麼依據一直扣著他，於是只好把人放了。」

傅華氣憤地說：「葉富不說，省紀委可以調查別人嘛，就這麼放過他，太不負責任了吧？其實葉富跟穆廣之間的交易，都是透過一個叫做關蓮的女人來進行的，這在海川幾乎是明眼人都知道的事，省紀委怎麼會這麼輕易就被葉富糊弄了過去呢？不知道是他們太無能，還是都被穆廣收買了？」

曲煒看了看傅華，說：「你也知道關蓮這個女人？」

請續看《官商鬥法》十九　最後攤牌

官商鬥法 十八 神魂顛倒

作者：姜遠方
發行人：陳曉林
出版所：風雲時代出版股份有限公司
地址：105台北市民生東路五段178號7樓之3
風雲書網：http://www.eastbooks.com.tw
官方部落格：http://eastbooks.pixnet.net/blog
Facebook：http://www.facebook.com/h7560949
信箱：h7560949@ms15.hinet.net
郵撥帳號：12043291
服務專線：(02)27560949
傳真專線：(02)27653799
執行主編：朱墨菲
美術編輯：風雲時代編輯小組

法律顧問：永然法律事務所 李永然律師
北辰著作權事務所 蕭雄淋律師

版權授權：蔡雷平
初版日期：2016年1月
初版二刷：2016年1月20日
ISBN ：978-986-352-238-6

總 經 銷：成信文化事業股份有限公司
地　　址：新北市新店區中正路四維巷二弄2號4樓
電　　話：(02)2219-2080

行政院新聞局局版台業字第3595號 營利事業統一編號22759935

定價 ：280元　　特惠價 ：199 元

國家圖書館出版品預行編目資料

官商鬥法 ／ 姜遠方 著. -- 初版. -- 臺北市：
風雲時代，2015.01 -- 冊；公分

ISBN 978-986-352-238-6（第18冊；平裝）

857.7　　104011822